当代作家精品

画一页山水如梦

张春峰 著

民主与建设出版社
·北京·

图书在版编目 (CIP) 数据

画一页山水如梦 / 张春峰著 . —北京：民主与建
设出版社，2021.5

ISBN 978-7-5139-3495-4

Ⅰ.①画… Ⅱ.①张… Ⅲ.①散文集—中国—当代
Ⅳ.① I267

中国版本图书馆 CIP 数据核字（2021）第 077294 号

画一页山水如梦
HUA YIYE SHANSHUI RUMENG

著　　者	张春峰	
责任编辑	周佩芳	
封面设计	陈　姝	
出版发行	民主与建设出版社有限责任公司	
电　　话	（010）59417747　59419778	
社　　址	北京市海淀区西三环中路 10 号望海楼 E 座 7 层	
邮　　编	100142	
印　　刷	三河市长城印刷有限公司	
版　　次	2021 年 7 月第 1 版	
印　　次	2021 年 7 月第 1 次印刷	
开　　本	710 毫米 ×1000 毫米　　1/16	
印　　张	13	
字　　数	200 千字	
书　　号	ISBN 978-7-5139-3495-4	
定　　价	49.80 元	

注：如有印、装质量问题，请与出版社联系。

文学是心中流淌的小溪

祖克慰

　　春峰让我写序。这是几年前说的，那时她刚开始写散文。我说："我没写过序，你找个名家写吧！"她说："我哪认识名家啊！再说，又不是现在让你写，等我出书时再写。到时候能不能出本书谁知道呢？这是提前预约。"她是在开玩笑，我也没有当真。

　　转眼就是几年，有一天，春峰说："祖老师，我想出本书，你给写个序。"我没有推辞，也不能推辞，她的勤奋让我感动。我说："写得不好你别见怪。"

　　春峰出书，说实在的，想不到。也就几年工夫，春峰已写了十多万字的散文作品，陆续在报刊上发表。我看她很美的文字，有点不相信。我在怀疑，这是她写的散文吗？确实，这些发表在报刊上的散文，就是张春峰的作品。想想当年，她写的散文，是多么的稚嫩。短短几年，她已成为一个成熟的作者，这让我吃惊。

　　春峰能这么快走向成熟，是与她勤奋读书和练笔分不开的，是与她善于思考和感悟分不开的，是与她付出的劳动和汗水分不开的。一个人，尤其是女人，能在繁忙的工作、琐碎的家务之余，长久地坚持下来，是很不容易的，这种精神，是值得大家学习的。

现在，我的眼前，是一沓书稿，白的纸黑的字，摆在我的面前，厚厚的几寸高。这就是张春峰的散文集《画一页山水入梦》。于是这个酷热的夏天，我沏一杯茶，慢慢地翻读。一行行文字，带着我走进她走过的山山水水，走进她漫步的白河岸边，走进她生活过的家乡汉冢，走进一片片姹紫嫣红的花海……

与春峰相识多年，闲时也有些走动。她给我的印象是温婉贤淑、独立内敛、清纯透明。她是那种不大喜欢说话的人，你很难看到她侃侃而谈。聚在一起，她总是默默地坐在那里，做一个聆听者。她为人低调，作为一个爱好文学的人，她默默写作，从不张扬。也正是这样，从2016年开始，短短四年，她写下了十多万字的散文作品，慢慢地走进了南阳人的视野。

那一行行文字，倾注的是她对文学的一腔真情、汗水和心血。她把爱融进文字里，把心交给文字，把情感注入文字里，把孤独和寂寞留给自己。那一行行文字，一如清澈的溪流，在我的心中流淌。这个酷热的夏日，因为文字相伴，让我如沐春风，倍觉凉爽，从而感到心旷神怡！

春峰是个热爱生活的人，工作之余，除了读书写作，怡情山水是她的另一种爱好。她走过很多地方，大江南北，都留下过她的足迹。她把对山水的热爱，融进了灵魂，融进了文字。她不仅是大好河山的见证者，也是记录者。在云南，她把爱留在了洱海，洱海见证了她的爱。她说"洱海不曾负我，我亦将洱海印在心中……"（《在月光下的洱海徜徉》）。在桂林，她荡舟在漓江，用一腔真情写道："桂林，这个如诗如画的地方，充满着野性的粗犷；桂林，这个风土人情别致的地方，憨厚淳朴，充满着人性的温暖……"（《桂林，让心灵唱歌的地方》）。在新疆，胡杨顽强的生命力，让她充满了深深的敬畏！她说："那年秋天我去新疆，沙漠里的一片胡杨带给我的震撼，前所未有。这是一片什么样的林子呀，有的矗立着，有的躺卧着，有的斑驳，有的死去。活着的枝繁叶茂，泛着明黄的色彩；死去的铁骨铮铮，向天而立；躺下的风吹不蚀，雨淋不朽。"这就是她的那篇《胡杨，胡杨》。凡是她留下脚印的地方，都会生长出美丽的文字。

爱美是女人的天性，春峰也不例外。对于美的追寻，她的脚步从不停歇。她喜欢花草，哪怕是一朵小花，她都会停下脚步注目。在她的眼里，所有的花草，都是美丽的。她喜欢玉兰花的圣洁、高雅、温婉、洁净、脱俗。她喜欢槐花，喜欢那一树的白，像飘飞的白蝴蝶；喜欢槐花的洁白淡雅，一尘不染；喜欢那短暂而又绚丽的生命绽放。她喜欢月季，花开花落不间断；喜欢月季，四季常开不败飘馨香，不畏寒风傲霜寒。于是，就有了玉兰、槐花、月季、桃花、菊花、兰花等花花草草。在春峰的心中，花草是美的象征，是浪漫的隐喻，是生命的奔放，是精神的寄托。

春峰爱山水，爱花草，但她更爱家乡。在她的这本散文集里，有一部分是书写家乡的。虽然离开家乡二十多年，但在她的心中，依然对家乡有一种深深的眷恋。有限的语言，倾诉不尽浓浓的乡愁。在《先辈们的村庄》里，家乡曾经生活着爷爷奶奶辈、父亲母亲辈以及童年的玩伴春梅等三代人，当她回到老家时，有的逝去，有的离开，有的远嫁，村庄已变得空空荡荡，曾经熟悉的村庄，早已物是人非。而昔日破破烂烂的村庄，现在"到处都是楼房和冷冰冰的水泥路，少了一些乡村醇厚古朴的气息。城镇化的进程，替代了古典的农耕文化"。在春峰的眼里，"村庄没有炊烟，房子里没有人住，没有遍地金黄的庄稼，没有人欢马叫的劳动场景"，村庄就不像村庄。其实，她的忧虑、伤感、失落、无奈，缘于她对往昔家乡淳朴民风和乡村农耕生活的深切怀念。在她的《承载乡村记忆的土路》中，讲述的是路与乡村的关系，看似是写村路，其实是在诉说对乡村人事物的怀念。她说："那横穿村庄大大小小的道路，就是人体内纵横交替的血管。而我们就是流淌在血管中的血液……"因为，那些道路，早已与她血肉相连，是她的精神家园。在《还乡碎片》一篇中，春峰给我们讲述了回到家乡后的所见所闻，以及村庄的变化。比如房屋的变化，道路的变化和父老乡亲们的变化。二十多年的时光，呈现给作者的是一派繁荣的乡村景象。于是，春峰禁不住感慨道："家乡正在悄悄地改变，乡村的土路变成了村村通水泥路，曾经的瓦房，变成一栋栋小楼，明净敞亮；曾经苍凉的乡村，如今被一片绿意围绕；曾经牵绊着我们的丝丝缕缕乡愁的炊烟，早已烟消云散，消失在无边的天际。乡村，已成为一个时代的缩影。乡村的物和事，正在逐步改变着。"但对于离开家乡经年的春峰来说，乡村的改变，改变不了她对家乡的眷恋，改变不了她对家乡那片土地的热爱。

读春峰的散文，我从她的语言里，感觉到她的成熟。作为一个散文写作者，在短短的几年时间里，由一个对文学懵懂无知、十分幼稚的爱好者，到语言流畅、结构合理、日趋完美，可见她付出了多少心血和思考。从这点上说，她是一个纯粹的、真诚的写作者。她的散文语言平实、朴素，但又透出一丝丝的灵气，看似笨拙，实则扎实，且有余味。尽管她还存在着缺点，但她让你看到了希望，这点就已足够。

大地旷阔，山河壮美，如诗如画。面对当下日渐丰美的山川河流、葳蕤的花草林木、美丽的乡村，我们总是有着澎湃的倾诉欲望。那些喜悦与忧伤，美好与丑陋，希望与忧患，促使着我们去讲述一个个不同的故事，来表达我们对未来的向往。希望春峰日后的创作，能在生活的感悟中，在对大地的深切叩问中，表达自己对生活的热爱，画出更加美丽、更加打动人心的山水画卷。

我想，春峰会由一棵幼苗长成一棵参天大树的。这不仅是我的希望，也是南阳文学对未来的期许。我们有理由相信，文学，不会亏待每一位执着的追求者。

但愿这部《画一页山水入梦》只是开始，而不是结束。期望，能看到她更加成熟的作品，能看到她下一本书的问世。

目　录

第一辑　梦中的蔚蓝

一直以来，我有个梦想，与心爱的人一起看海。那时候，青春年少的我，总觉得看海是两个人的事情。两个人，依偎在一起，坐在海边，看海上日出，看晚霞跌落大海。其实，有个人陪伴着，给我一个宽厚的臂膀，一个温暖的胸怀，就这样躺在他的怀里，默默地看浪花翻涌，静静地听波涛拍岸的声音。从日出到日落，从阳光升起到夕阳西下，看明月悬挂，星光闪烁。这样的画面，不失为一种美妙和浪漫。

——《一个人青岛看海》

在月光下的洱海徜徉

一

去洱海，是在 2016 年春夏之交。我从南阳到昆明，再到大理，用时不到十小时，便站在了洱海岸边。望着波澜不惊的洱海，心中陡然生出一阵阵的失落。

当我站在洱海岸边的一刹那，突然就想起十多年前，那次与阿海的洱海之行。那种温馨、浪漫、甜蜜，顿时涌上心头。再次站在这里，恍然已是十年。如今洱海依旧，却早已物是人非，往事不堪回首。

初次到洱海，我刚刚大学毕业。恋人阿海说，去洱海吧。我说：好的，去洱海。于是，我和阿海走进了洱海。月光下的洱海岸边，留下了我们深深浅浅的脚印。此后的很多年，我对洱海情有独钟，难以忘怀。

阿海是土生土长的大理人，从小在洱海边上长大。而我的老家则居住在诸葛亮的躬耕地南阳——一个中原城市。我们一同在西安上了四年大学，在大三的时候，我和阳光帅气的阿海相恋了。从那时开始，我便从他的口中听到了许多对洱海的描述。而我印象最深的是阿海讲的天宫公主下凡的故事：传说天宫中有一位公主羡慕人间的美满幸福生活，下凡到洱海边上一个渔村，与一渔民成婚。公主为了帮渔民们过上丰衣足食的生活，就把自己的宝镜沉入海底，把鱼群照得一清二楚，让渔民们打鱼。从此，宝镜就在海底变成了金月亮，光芒四射，照着世世代代的捕鱼人。那块宝镜就成了"洱海月"，供人观赏。每次讲完，他都会真诚地说：我期待，等我们结束学业后，你就像天宫的公主一样，嫁到大理来。

　　从那时起，我便开始描绘洱海。在我的想象里，洱海或许像青岛的海那样奔放，赤脚站在沙滩任凭一浪接着一浪的海水冲击，略带细沙的海水有些浑浊，一阵波浪过去，海水便溅到了衣衫上、胳膊上和脸上。那种属于海水独特的咸味，诱惑着人的味蕾；抑或像大连的海那样开阔，湛蓝的海水一望无垠，沙滩和海水格外地干净。说实在的，我喜欢大海中的沙滩，细细的，柔柔的，让人有种想躺在沙滩上的欲望……

　　在这样的想象中，我对洱海充满了期待。

　　终于，我和阿海来到了洱海。当我们站在洱海岸边，手拉着手在沙滩上奔跑时；当我们在洱海相依相偎，尽情地拥抱时；当我们面对洱海规划未来时，我们谁也没有想到，这里竟是我们的伤心之地和相思之地。

　　此后的很多年，我和阿海天各一方，再也没有联系过，再也没有见过面。曾经的美好，随着我离开洱海，烟消云散，消失在洱海茫茫雾霭中。

二

　　傍晚，海水温柔平静，只有微微的波纹荡漾。我独自漫步在海边，遥望缥缈的大海，水天相接的地方，月光正缓缓升起。海面上霎时间洒满了银光，随着起伏的水波闪动。月亮在慢慢升腾，一缕缕轻纱似的淡云，从月亮上面轻轻飘过。此时，有风刮过海面，腾起的浪花，把闪闪的银光揉碎，卷着海浪朝着岸边涌来……

洱海，古称叶榆泽、昆弥川、西洱河等，位于云南大理郊区，是云南省第二大淡水湖。洱海北起洱源，长 40 多公里，东西最大宽度 9 公里，湖面面积 256 平方公里，湖深 10—20 米。洱海水质优良，水产资源丰富。洱海虽然称为海，但其实是一个湖泊，据说是因为云南深居内陆，白族人民为表示对海的向往，所以称为洱海。也有人说，洱海的形状像一只耳朵，所以叫洱海。是与不是，无法考证。

苍山雪，洱海月，洱海月照苍山雪，苍山洱海相映成辉。在我的脑海中，苍山与洱海其实就是一对誓死不渝的恋人。也许是因为那段南诏国公主和苍山猎人的凄美爱情故事，使我对洱海充满了无尽的遐想。都说洱海的夜晚适合情人幽会，站在洱海边，我突然觉得，在静谧大海边，两个人相依相偎，看迷离的月，观月光下的海浪，听大海有节奏地歌唱，是多么的浪漫啊！如果一个人，站在宽阔的大海边，在绵软温柔的风景里，是多么的孤寂。就如此时的我，孤独一人，遥望无际的海，心中空落落的。

月光迷离，海风吹拂着我的长发，在我的脸颊上轻轻地抚摸着。眺望波浪起伏的海，感觉此时的我，好像站在起起伏伏的海浪上，随波而流，不知何去何从。突然心中就涌上一种无法言说的伤感，冰凉的液体，顿时模糊了双眼。

第一次来洱海，是阿海带着我来的。来洱海的路上，阿海说：看洱海得由远及近，先从与她隔城相望的苍山远远观看她的轮廓，然后再慢慢地亲近她。苍山上的崇圣寺，东对洱海，西靠苍山，点苍山麓，洱海之滨。历史上有 9 位大理皇帝在崇圣寺出家，可见，皇家与崇圣寺，有着很深的渊源。

站在崇圣寺，从最高处俯瞰，整个洱海尽收眼底。远远望去，洱海宛如一轮新月，静静地依卧在苍山和大理坝子之间。湖面光洁如镜，一片蔚蓝。那种蔚蓝简直可以把我的心融化，我想那片蔚蓝的下面，一定藏着不少的精灵。洱海的世界里，时时发生着美好的故事。比如，月光下的恋人，深情相拥的身影。

就像我与阿海，曾经手牵着手，站在洱海岸边，任海风吹拂着长发，在海边奔跑。又想起了阿海，那久远的往事，总让我的心里空荡荡的。

三

月光很美，月夜迷人。仰望那如水的月光，月光下灯塔和星星的倒影，曾经被岁月冲走的伤痕，涤荡了记忆，任苦涩在心底蔓延……阿海，终难从记忆深处抹去。是的，我来洱海，究竟是为了什么？是为了忘却还是为了唤醒记忆？其实我知道，记忆从未在我的心中抹去。

那一年，我和阿海泛舟洱海，那干净透明的海面，宛如澄碧的蓝天，给人以宁静而悠远的感受，让人领略那"船在碧波漂，人在画中游"的诗画一般的意境。湖内有"三岛""四洲""五湖""九曲"之胜。这些美丽的海湾，使洱海变得更加绚丽。

记得阿海说，洱海因为气候温和，海里生长着许多土著鱼类，以大理裂腹鱼、大理鲤、祀蓧鲤、大眼鲤、洱海四须鲃、油四须鲃等为主。真是一方水土养一方人，洱海以她自己的方式，回报着勤劳善良的乡亲。

我被洱海深深地迷恋，我甚至想，能终老洱海，生无所悔。也许，就是从那时起，我就决定，不管此生嫁在南国，还是居于北方，我都会与洱海相会。

明代诗人冯时可在《滇西记略》中说，洱海之奇在于"日月与星，比别处倍大而更明"。如果在农历十五，月明之夜泛舟洱海，其月格外地亮、格外地圆，其景令人心醉。水中，月圆如轮，浮光跃金；天空玉镜高悬，清辉灿灿，仿佛刚从洱海中浴出。看着，看着，水天辉映，你竟分不清是天月掉海，还是海月升天。洱海月之著名，还在于洁白无瑕的苍山雪倒映在洱海中，与冰清玉洁的洱海月交相辉映，构成银苍玉洱的一大奇观。

信步走上最南端的洱海公园，据说是观赏苍山洱海景色的最佳位置。洱海公园建于1975年，已有相当规模。其东北部是一片种植着云南的山茶、杜鹃、报春、雪莲等名贵花木的花苑苗圃。大理地区的各种佳木奇卉，都集中在这里，如大理观音塘的观音柳，鸡足山的鸡山竹，大理感通寺的感通茶等。北面沙底浅海，围作海滨浴场，浴场边上又有宽阔的草坪可供游人憩息。草坪之后，斜依陡坡，用花岗石砌起200多级登山石级。石级之上，有飞檐翘角的望海楼。望海楼又贯串着一列画栋长廊，在林木葱葱的团山顶部，构成一组古色古香的民族风格建筑。在望海楼上，漫步长廊，极目眺望，整个苍山洱海的壮丽风光便直奔眼底。

而今故地重游，却少了一些温暖和美好，多了一份凄凉和孤寂。那时的月光下，有阿海的陪伴，洱海赏月，公园观景，温情脉脉。此时，只有孤独的我，孑然一身，在清冷的月光下，独品忧伤。

突然，远处传来黄绮珊《月光下的海》："无声穿越纷扰地带／我在往事丛林中徘徊／发现眺望过的未来／并不是我拥有的现在／结局或许早已安排／半途而废才真叫失败／选择独自继续等待／不让勇气在黑夜摇摆／当浮躁难耐／心就飞往月光下的海／默读海的宁静姿态／忘了什么是澎湃／感受蔚蓝起伏呼吸／懂了爱的节拍／聆听风中悠长天籁／苦涩不觉全释怀／枕着温柔月色入眠／梦随海上花开。"

有人说：如果你觉得孤单，就到洱海来。却原来，洱海也是寂寞的。在这样的心境下，听《月光下的海》，能不能枕着月光入眠，谁又知道呢？

四

我沉醉于洱海的美景中。依稀，我看到了阿海，他挥动着手臂，大声地呼喊着，向我跑来。我看见他飘动的长发，在风中摇摆；我看见他额头上的汗珠，溅成细雨；我看见他一张一合的嘴，却不知道他在喊什么。

终于，阿海喘着粗气，站在我面前，他拉着我的手说：别走好不好？以后我们就生活在这里，生上一群孩子，春天我们去洱海公园看山花烂漫，夏天泛舟洱海戏水乘凉，秋天我们去捕鱼体会收获的乐趣，冬天我们并肩去看苍山上皑皑白雪……

我不敢相信，这是真的。但阿海就站在我的面前，那么鲜活，我用手抚摸他的脸庞，还有温度，直到他揽我入怀，我才知道，是真真切切的阿海。我瞬间泪奔，伏在他的肩头，小孩般地哭将起来。你知道我找你找得多辛苦，你怎么会那么傻？阿海轻轻地拍打着我的后背说：记住，以后有什么事儿，我们一起承担……

但当我抬起头，看到迷蒙的大海，大海里涌动的波涛；看到茫茫的苍山，淡淡的月光，还有洱海边孤独的我。我突然意识到，此刻，我在梦中。

多么熟悉的声音，十多年前，阿海就是这样对我说。至今仿佛响在耳边，可是我的梦却醒了。作为唯一的女儿，父母亲誓死不让我远嫁。而我，为了不伤父母的心，为了不让心爱的阿海为难，瞒着他说自己在家乡找到了恋人，换掉一切他能找到我的联系方式，从他的世界里干净地消失。

可终究，阿海是那么的难忘，洱海又是那么刻骨铭心。十多年来，我依然走不出这段感情。于是对自己说，那就再去看看洱海吧，也算是对我和阿海的感情做个最后的了断。就这样，鬼使神差般，我又站在了这里。洱海的风吹过我的发迹，就像阿海的手轻轻地抚摸着我；洱海的水依然清澈无瑕，就像我对阿海的心一样，至今不渝；洱海公园内鲜花盛开，仔细看时，仿佛是一张张阿海的笑脸；仰望苍山上的崇圣寺，我俩虔诚朝拜的镜像历历在目……

　　洱海上空的明月升起了，月光洒满海面，在月光下的洱海徜徉，终于找到了最真的自己。看着远去的波涛，那些曾经的美好，已随着岁月的流逝，渐行渐远。留下的，是月光、洱海、苍山及月光下的我，还有一段难以忘却的情。

　　洱海不曾负我，我亦将洱海印在心中。

不屈不挠；冬日的绿色，被寒风吹彻，颜色褪尽，像一位垂暮的老人，消磨了意志，退隐江湖。只有秋天的绿色，经历着风雨，内涵丰富，绿得晶莹剔透，是绿中极品。

秋天也是收获的季节，冬青树上挂满了一串串的冬青果，紫溜溜的，树干都被压弯了腰。冬青果有极好的药用价值，常有药商收购入药。秋天也是垂钓的好时节，白河水面宽阔，河里鱼种较多，是垂钓爱好者的乐园。看着白河两岸坐着悠然自得的垂钓者，就想起小时候听过的故事：老人在河边钓鱼，小孩看老人钓鱼技术纯熟，收获甚多，就想要老人的鱼竿。老人喜欢孩子的可爱，欲把整篓的鱼赠给小孩，可小孩坚持要老人的鱼竿，自认为有了鱼竿就能岁岁无忧，一辈子都有吃不完的鱼了。可小孩不明白，如果没有"钓技"，再多的"鱼竿"也无用。正如生活中有些人，认为自己拥有了人生道路上的钓竿，无惧于道路上的暴风苦雨。可他却不知道，前边等着他的是泥泞，是坎坷。

这些年，南阳的冬季不太冷，若是阳光晴好，晚上去白河散步的人依然不少。冬天，我最喜欢的，是白河的夜景。白河两岸的路灯，远远地看上去，卫兵一样，整齐排列，有的路段发黄色灯光，温馨浪漫；有的是白色灯光，热烈奔放。灯光倒影在白河水里，犹如星星点灯，风吹水面，荡起一河的涟漪。从近处细看路灯，是仿照汉朝灯体做的，四四方方的木质灯体，上面雕刻汉代花纹，每个灯体之上，都写有古诗词或典故，极具文化品位。更奇妙的是，有些路灯镶嵌在路面下面，绿色的灯光自下而上，把一棵棵树照得绿莹莹的，仿佛春天一般。

白河上，横跨几座连接两岸的大桥，离市区最近的，有白河桥、仲景桥、淯阳桥、卧龙桥四座。夜晚，柔和的七彩灯，把这几座桥装扮得温馨曼妙。最值得一提的当属淯阳桥，因桥上装饰的灯特别漂亮，被称为"彩虹桥"。在二十世纪九十年代末就成为白河的一景。当时，年轻的男男女女追求爱情，便在这里约会，曾流传着"八点半，虹桥见"的谚

一个人青岛看海

多少次，在梦中，看到那片海。海在梦中，湛蓝湛蓝，波动的海水，闪烁着蓝宝石般的光泽。梦中的我，一袭红裙，静静地站在沙滩上，任海风吹我长发飘飘，任涛声撞击耳膜，任海水追逐着浪花，从我的腿边掠过。我就那么站着，品味海的味道。

梦中醒来，我依然是在中原的某个城市，在自己的家中，睁大眼睛，看着室内熟悉的一切，我知道，我做了一个关于海的梦。梦中蓝的海水、白的浪花、轰鸣的涛声，只是虚幻的画面，与现实无关，与中原小城无关，甚至那个站在沙滩上，一袭红裙的女人，也与我无关。

海于我而言，只是一个梦。一个留在心中虚妄的画面。

2014年夏，我来到青岛，看到梦寐以求的海。胶州湾，矗立着五彩缤纷的西洋建筑，错落有致的高楼，规划整齐的绿树和草坪，拥挤的人流，琳琅满目的商品，让我感受到现代化海滨城市的风姿。

此刻阳光初升，我站在海边，碧蓝的海面，微波荡漾，闪着粼粼的光，把海水染成红色、蓝色、白色，缤纷的光，交替地变幻着，让海有一种说不清的神秘感。海风阵阵吹来，海水徐徐展开，奔向沙滩，一浪接着一浪，白色的浪花翻涌着，向我扑来，带着潮湿的腥味。我突然想起，那味道，与我梦中的味道是多么的相似。

只是，梦中的海只有一种颜色，那就是蓝色，深的墨蓝，浅的湛蓝，再浅淡蓝。梦中的海，色彩单调，除了蓝色，还是蓝色，没有真实的海所拥有的多重色彩。也许，这就是现实与梦幻的差别吧！

站在海边，突然就想起海子的诗：面朝大海，春暖花开。海子，一个用心灵歌唱的诗人，在短暂的人生中，一直都在渴望倾听远离尘嚣的美丽回音。他与世俗的生活相隔遥远，一生努力摆脱尘世的羁绊与牵累。也许，海子的"面朝大海，春暖花开"是对生活的一种向往，是对幸福生活的祈愿。但此时的我，站在海边，确实有一种春暖花开的感觉。这种感觉就是：新鲜、轻松、愉悦、温暖、平静、自由。

站在岸边，大海遥遥无际。目光极处，海水和蓝天相接，分不清是海水还是蓝天。此时，一望无垠的大海，让我的心胸瞬间开阔。在这样的氛围里，心是那么的纯净，神是那么的清爽。俗世里，那些多年来缠绕我的忧伤、郁闷、烦恼，都烟消云散。

涨潮了，海浪由远及近，犹如千军万马，卷起千堆雪，一浪接着一浪，向岸边涌来。"哗哗"的水声，撞在礁石上，数米高的浪花，直射天空，然后重重落下，水珠飞溅。

我随几个游人沿着栈桥，走向沙滩的岩石上，立脚未稳，"哗啦"一声，一个巨大的海浪向我们扑来。浪花打湿了衣服，浑身水淋淋的，海水溅进眼里嘴里，有一股苦涩的味道，在眼睛和嘴巴里弥漫。海浪来得急，退得也快，还未感到与海浪亲密接触的快意，海水已离我远去。可是，那一刻，我多想留住海浪，与它紧紧拥抱，与浪花共舞。

一直以来，我有个梦想，与心爱的人一起看海。那时候，青春年少的我，总觉得看海是两个人的事情。两个人，依偎在一起，坐在海边，看海上日出，看晚霞跌落大海。

其实，有个人陪伴着，给我一个宽厚的臂膀，一个温暖的胸怀，就这样躺在他的怀里，默默地看浪花翻涌，静静地听波涛拍岸的声音。从日出到日落，从太阳升起到夕阳西下，看明月高悬，星光闪烁。两个人，牵着手，在海水中奔跑嬉戏，在沙滩上捡拾美丽的贝壳，作为爱的信物。这样的画面，不失为一种美妙和浪漫。

提起贝壳，突然就想起我少年时代的梦。

突然间，我想起了家乡的白河。白河，是南阳人的母亲河，世世代代，滋养着生活在这片土地上的乡亲。少年时代，我们一群小女孩，常常在河里摸鱼捉虾，在白河的沙滩上捡贝壳。那是一种拇指般大小的藏青色贝壳，上面布满了螺旋纹，内壁有彩色的光晕闪烁，很美丽的那种。我把那些贝壳拿回去炫耀，村子里一个小伙伴看后不屑地说："指甲盖大个小贝壳，有啥稀罕，我看到过大海里的贝壳，很大，七彩色的，哎呀，给你说你也没见过。"其实，他也没去过大海，他说的七彩贝壳，是他爸爸出差去大海边捡的。那一刻，我沮丧地站在那里，眼睛里溢满了泪水。

那时我就想，我一定要去真正的大海边看海浪、捡贝壳，捡一个更大的贝壳，让他知道，我的贝壳是最大的最美的。遗憾的是，很多年来，上学、工作、结婚、生子，俗事缠身，一直未能如愿。长期的繁忙和生存压力，让一个个梦破灭，红颜渐逝，青春不在，岁月的的印痕，悄悄地爬上眼角。恍然间，已达不惑之年，早过了做梦的年龄。

这次来青岛，我最大的愿望就是捡一些贝壳，留作纪念。当然不是为了炫耀，也不是为了报复当年的小伙伴，只是为了了却曾经的梦想。

其实，在来青岛看海的前一天，我就去了位于青岛市西海岸新区唐岛湾畔的青岛贝壳博物馆，那是一个以贝壳为主题，集贝壳研究、收藏、科普教育、文化旅游为一体的私人贝壳博物馆。由贝壳标本展示区、贝壳观赏区、儿童互动区、科普区、贝类商品展示区及贝类生物科学研究院六部分组成，展藏来自太平洋、大西洋、印度洋、北冰洋及五大洲 60 多个国家的五个纲、262 科、4260 余种贝壳 (海螺) 标本和 130 余种贝类化石。这里既有号称"海贝之王"直径一米的大砗磲，也有需用放大镜才能看到的小沙贝，还有来自 4.5 亿年前奥陶纪的鹦鹉螺化石。缤纷的贝壳，让我眼花缭乱，大开眼界。

捡贝壳，是在海水退潮之后。当我们赶过去后，海滩上站了很多人。我在海滩上找了很长时间，也没看到大而漂亮的贝壳，只捡到几只海螺壳。据说，那些大的贝壳，都被当地人和先到的游客捡走了。在回去的路边，看到有人卖贝壳，十块钱三只。我花了二十元钱，买了六只贝壳。尽管是花钱买的，但总算圆了我少年时的梦。

一个人看海，其实也不错。蔚蓝的天，碧绿的海，金色的沙滩，缤纷的贝壳，飞翔的海鸟……一个人，静静地感受着海的新鲜，海的奇妙，海的辽阔。在海的怀抱里，远离尘世的喧嚣，任思绪飞扬，心胸辽远；任梦想飞翔，天高地阔；任心灵放飞，涤荡污浊。

面对大海，我知道，我只是海里的一滴水，一朵浪花，或者是一个小小的水泡。在熙攘的游人里，如溅起的浪花里的一滴水，在人们的视线里一闪而过，没有人能记得起是谁，是男是女，是老是少，是美是丑。当你从他们的身边走过时，那张脸，只是一瞬，就消失在他们的记忆里。但是，你走过的那片海会记得你，那朵拥抱过你的浪花会记得你，那片沙滩因为你的脚印会记得你。你的一颦一笑，都会留在大海里，与海水融在一起，直至永恒。

在青岛，一个人看海，是一件幸福的事情。虽然孤独，但孤独却让我心旷神怡，身心愉悦。于是，我想说：青岛，我来过，一生不后悔！

在白河边诗意地行走

清晨或黄昏，我喜欢去白河边上走一走。白河距我家很近，步行七八分钟就到白河岸边。就这样走着走着，渐渐成了一种习惯。亦如人与人之间的相处：初相识时，并未发现她有多好，相处的时间久了，竟越来越发现她的好处，随着时间的推移，最后与她成了挚友。遇见白河，也有这样的情愫。

"碧玉妆成一树高，万条垂下绿丝绦。不知细叶谁裁出，二月春风似剪刀。"初春时节，白河岸边的垂柳，无疑是一道亮丽的风景，一片片嫩绿的小芽，蓬勃着生命的力，争先恐后地从母体探出头来，来看外面的世界。待到一片片绿叶装满了柳条，整个柳树便如一个待嫁的姑娘，婀娜多姿。她们迎风起舞，醉人的舞姿，让贪恋春色的人们痴迷。

最近两年，白河两岸又移植了月季、迎春、鸢尾、碧桃、樱花、海棠、紫薇等开花类植物。花开时节，走在白河岸边，如同在花海里徜徉。特别是南阳的月季，由于大批量的种植，加之培育技术先进，花朵开得大而妖艳，花期还比较长。每年四五月份举办的月季展，就在白河岸边。

能工巧匠们培育的各类名贵的月季汇聚一堂，引得游人争相观看，甚至吸引了来自省内外的月季爱好者。

白河水养育的月季，成为南阳的市花，而美丽的月季，又装扮了白河。春日里，摄影爱好者拿起了相机，对准漂亮的花儿"咔嚓、咔嚓"，一顿猛拍，一张张美丽的景色就定格在照片中。还有爱美的人，站在白河边随便一个姿势，就是一道风景。因为天气变暖，老头老太太也领着孙子孙女出来遛弯。老人的笑容、小孩的萌态，连同那姹紫嫣红的花花朵朵，一同入镜，无论怎么看，都是一幅幅美丽的图画。

如果说春天的白河是一位曼妙动人的少女，那夏季的白河则是一个知识渊博的学者。夏季是雨季，又是白河的汛期，一波波清水，被橡胶坝拦着，形成宽阔的水域，清澈的碧水，形成了水天一色的景象。

白河源自伏牛山玉皇顶东麓，在南阳市区内流经河段总长 25 公里，自西北向东南，自成半环形穿城而过。唐代大诗人李白，曾经在白河边作了首《送友人》："青山横北郭，白水绕东城。此地一为别，孤蓬万里征。浮云游子意，落日故人情。挥手自兹去，萧萧班马鸣。"可以想象，大诗人在波光粼粼的白河边送别友人时，依依惜别的情景。

夏季的清晨，是下河锻炼的好时候，约上一位能交流思想的友人，一起锻炼，在移步即景的白河岸边，看着宽阔的河面，迎着习习的河风，呼吸着温润的空气，做着有氧运动，是多么惬意的事情。白河的清晨，人们或散步、或读书、或垂钓、或打拳、或舞剑、或练功、或面对碧水放声歌唱、或身临佳境吟诗作画。喜欢游泳的人，在白河上游指定的区域，钻入白河，如同鱼儿一般，在水里尽情地嬉戏撒欢，流连忘返。

到了秋季，白河的绿色更加苍郁。2007 年，白河游览区正式被批准为国家城市湿地公园。白河岸边四季常绿，但秋的绿，又和其他三季不同。春天的时候是嫩绿，像娇嫩的生命，虽经受不起劲风疾雨，但也恣意蓬勃；夏季的绿色，仿佛是一个急于征服世界的汉子，迎着炎炎烈日，语。传说，在这里约会的情侣，有情人都成了眷属。白河桥是最古老的桥，在前几年又进行了加宽重修，和仲景桥、卧龙桥一样，具有现代都市大桥的风姿。

一年四季，春夏交替，时光匆匆流过，任年华逝去。但白河，依然用它的清澈，滋润着南阳大地，滋养着她的儿女。白河，她是南阳的母亲河，盘绕在南阳大地，不仅装扮着这座古老的城市，也养育了这座城市的人。

桂林，让心灵歌唱的地方

桂林于我，是一种情结。桂林，很多年，经常在我的梦中出现。

在梦中，一叶轻舟，游走于漓江之上，伸手可触碰清澈的江水，抬眼望见连绵的青山，同游的是英俊美丽的阿哥阿妹，他们如歌神刘三姐一样善唱，婉转的歌声，飘荡在漓江上空，在我耳畔回响……

对桂林的向往，源于小学时代学过的课文《桂林山水甲天下》，文中把桂林的山水描写得如诗如画，让我深深地迷上这个地方，犹如在心中埋下了爱的蛊。可我自小在农村长大，物质匮乏，老百姓对外出旅游少有热情。只要吃饱、穿暖，手中稍有存款，就觉得是踏实的好日子。

二十世纪九十年代初，韩晓那首《我想去桂林》，唱遍大街小巷。歌词至今依然清晰记得："我想去桂林呀……在校园的时候曾经梦想去桂林，到那山水甲天下的阳朔仙境，漓江的水呀常在我心里……"我觉得这首歌唱出了我的心声，没事儿的时候，就跟着唱唱，就像苦苦依恋一个人，却见不了面，哼哼这歌如同听到恋人的声音一般。

那时，听着韩晓的歌，从没有想到我要去桂林看看，总觉得漓江离我太远，只是在梦中。就这样，上学、工作、成家、生子。我几乎完成了人生的大半任务，从一个懵懂的少女，变成一个中年妇女。眼角的细纹，写满了岁月的无情与沧桑。可心中对桂林的憧憬，却丝毫没有减弱，对漓江的向往，一直潜藏在心中。

终于，2017 年 4 月，我踏上了圆梦桂林的火车。我想，既然向往了这么多年，来了，就要好好地玩。导游姑娘叫阿聪，善谈，一笑起来，两只眼睛像一弯新月，亮晶晶的。唯一美中不足的是，她脸上长了一些类似青春痘一样的痘痘，但看起来依然光鲜靓丽，那些红色的痘痘，遮不住她青春的光彩。

"我们先就近去游小漓江，看象鼻山，晚上好好休息，明天去阳朔。"阿聪中午在桂林车站接到我，这样建议。我说好啊。阿聪是一个朋友前段时间来桂林旅游时的导游，他推荐给我的，说不错。我是懒惰随性的人，出门没做功课，旅游攻略更是一概没看。简单的午餐后，阿聪就带我来到小漓江。在心中想了那么多年的地方，终于来了，我迫不及待地想投入漓江的怀抱，激动的心情，无以言表。

可坐船游了一圈之后，我的心情像沉入了江底，别提有多失望了。没有清澈的江水、没有连绵的群山，更没有阿哥阿妹的悠扬歌声，船也不好，是电机带的，阿聪脸上的痘痘，看着也觉得别扭。

传说中的象鼻山，倒是葱郁巍峨的，像极了大象的鼻子。象鼻山是漓江最美的部分，整个山形酷似一头驻足漓江边，临江饮水的大象，简称象山。象山海拔 220 米，高出水面 55 米，由 3.6 亿年前海底沉积的纯石灰岩组成。象鼻山是桂林山水的代表，桂林城的象征。桂林乃至广西地方产品多以象山作为标记。

可是由于心情不佳，我也不愿多看一眼。低头看着船后翻出的浪花，我想起桂林行前，我俩的争吵，低声地争吵，却吵得激烈。当时的心情就如现在，失望极了，感觉他太不懂我了。生活的琐碎，击破了我对爱情的向往。我想，我必须换种心情，要不然，我会窒息的。所以，有了这次的桂林之行。

上岸之后，在临江的象山公园内转了一大圈，阿聪絮絮叨叨讲了不少典故和景点的来历。因为心情不佳，我有点心不在焉，闷闷不乐。她似乎看出了我的不快，小心翼翼地问："姐姐，按计划，我们晚上去看演艺，参加活动？""不去了，你早点回去休息，明天早点，我们去阳朔。"躺在宾馆的床上，温馨的灯光包围了我，糟糕的心情有所缓解。其实我清楚，漓江的山水是美的，心理上的落差，是因为心中对漓江的美好情结，没有达到原来预期，加上低落的情绪，才会倍觉失望。

次日一早，我们乘车去阳朔。车子在十里画廊里行走，我感觉自己的心情在一点一点地变好。对，就是这样，我被连绵的群山包围，一座座山峰拔地而起，有的像一匹骏马，细看又像骆驼；有的像老人，有的像竹笋……青色的山峰，在我眼前晃动，像跳跃的音符，美妙极了。我回到了心中的那个地方，仿佛一个十五六岁的少女一般，欢呼雀跃。

终于到达漓江了，这个在心中呼唤无数遍的地方。望着宽阔的江面，碧绿的江水、湛蓝的天空和远处的山峰，我好似走进了一个美妙如仙境的世界，心情久久不能平静。我想到了学生时代的梦想，到后来的生活种种，像过电影一样，又想到我们最近的争吵。泪珠一颗颗地流了出来。我不知道自己为什么会流泪，是觉得委屈？不满？还是压抑？好像是，又好像都不是。可是泪水流出之后，心情反而变得很好。我知道，是美妙的山水，让我心绪得到释放。

看到江边行走的壮族阿哥阿妹，主动跟他们搭讪，一个个都很和善的样子。看着他们离去的身影，突然很羡慕他们，能生在风景如画的漓江水岸，该是几辈子修来的福分，不像我，过了大半生，才得以到此一游。

划船的是位壮族的大叔。我和阿聪坐在竹筏上，伸手就能碰到漓江的水。果然如书本中描述得一样，清澈见底，仔细一看，下面的小石头和沙子水草之类都看得清楚，可惜由于我们的打扰，鱼儿都藏起来了吧。我索性脱下了鞋子，让双足也感受了下漓江的温度，果然呢，一股清凉的感觉传遍全身。

"山顶有花山脚香，桥底有水桥面凉，心中有了不平事，山歌如火出胸膛……"突然远处传来了刘三姐的歌声。我惊奇地叫了起来，以为自己穿越了，却原来是其他游客的歌声。我和阿聪也被感染了，高声地"哎……"着附和。那只小舟上，划船的是位略微年轻的船夫，俊朗又俏皮，用撑船的竹竿打在水上，溅起一串串水花儿，水花落在了我们的脸上、身上，银铃般的笑声洒在漓江之上。

我躺在竹筏之上，欣赏着一座又一座的山峰，山水交融处是那样深邃。看着水面上的倒影，禁不住就想，这山和这水，估计有说不清的缘分，可能是爱侣、是亲人，你中有他，他中有你，生生世世，傲然立于天地之间。和他们相比，我是多么的渺小，就像山野中的一株小草或者漓江中的一滴水珠。其他人，又何尝不是这样？

江面上微风吹来，感觉身上舒服极了。我闭上眼睛，仿佛进入了仙境，幻化成了一个白衣仙子，尽情地在仙境中遨游，时而飞到连绵的山峰上，俯瞰大江；时而又和漓江水低声呢喃，仰望青山。忽然又觉得好笑，人在潜意识中，总想做神仙，以为做了神仙就没了烦恼，其实神仙也不都是洒脱的吧！

离开漓江的时候，已经是日落西山。金灿灿的余晖洒满江面。我打开手机，发现了未接来电和消息，我知道是他在担心，其实争吵也没多大的事儿，许是生活太烦琐，都有些累了吧。我和阿聪晚上去品尝了阳朔西街的啤酒鱼，还兴致勃勃地喝了酒。西街灯红酒绿，民族风情礼品琳琅满目，还碰到了好多外国人，我还记得自己"Hello！"着主动跟人家打招呼。

阳朔那边，几个景点，给我留下印象最深的是位于阳朔县大村门开发区的图腾古道。走进图腾古道，穿着原始人衣服的两个人，站在大门两侧，用黄白色黏稠的液体给每个进入的游客脸上都画上一道。说明你是他们尊贵的客人。女性游客可以从大门昂首挺胸地进入，而男性游客只能从旁边的小窄门低头入内，他们用这种方式体现女尊男卑的意思。图腾古道是甑皮岩人遗留下来的原始母系部落，经历了几千年的风风雨雨，一直到现在，还过着原始人的生活。他们穿衣简单，衣料看着像树叶或者是动物的皮毛。经过图腾古道地下洞穴陈列馆，看着陈列的牛头，石制的原始工具，仿佛又看到了历史的沧桑与厚重。

看着眼前的原始人，离得那么近，那么真实，却像隔了几千年。我不知道如何和他们打招呼，只能友好地看着他们。阿聪跟我说，他们这里的女人都叫阿丽，男人都叫阿布。跟他们打招呼可用手拍打着嘴唇，发出"啊啊"的声音。我刚用手拍打嘴唇，啊啊声还未出口，立刻有两个阿布拉上我，看着他们黝黑又友善的脸庞，我并不惊慌。却原来拉我去跳舞，有个阿布还调皮地拍打几下我的臀部，然后孩子般地笑起来，露出洁白的牙齿。有几个阿丽还唱起了歌，歌声充满了野性，舞蹈尽显原始狂放之美。他们的憨态、可爱、率性、野性永远留在我的记忆里。

这些阿丽阿布看起来简单快乐，他喜欢你，就去你身边，拉你跳舞，或做其他亲昵的举动，眼神中流露出欢喜、温柔的模样。他不喜欢你，你去他身边，他会带着敌意的眼神看着你，告诉你，离我远点。看着他们脸上的笑容，我就想，我也应该像他们那样，对自己喜欢的人，多沟通、交流，或者直接地表达，就不会产生那些误会、不理解了。

离开图腾古道的时候，我打开手机，拨打着他的电话。电话接通的那一刻，听到他熟悉的声音：玩儿够了，就回来吧！我瞬间泪奔，在心中，我是多么爱他。可作为一个写文字的女子，总太感性，太理想化，总会固执地认为，即使我不说，他也应该懂我的。我期待他能明白我的意思，懂我的心思。可现实中，因为男女思维的不同，他总猜来猜去，也不能令我满意，而他，也累得精疲力竭了吧。如果我也能像甑皮岩人一样，直接地交流，我们之间有什么问题不能解决呢？

之后在桂林又游历了几个景点，遇龙河、龙脊梯田等，因为想通了一些事情，心情也变得大好，这些地方都让我流连忘返。离开桂林的时候，我真诚地感谢了阿聪，希望她闲时来河南做客。

桂林，这个如诗如画的地方，充满着野性的粗犷；桂林，这个风土人情别致的地方，憨厚淳朴，充满着人性的温暖。在这里，我收获到一份好的心情，对人生又有了一份新的感悟。因此，我对桂林，充满了感恩和爱慕。桂林，是一个让人回归本真，让心灵唱歌的地方。

刻在心中的山水画卷

一

沿着一条河流，朔源而上，陪伴我的，是我心仪的人。初秋的风，凉爽爽的，带着野花散发出的芬芳气息，扑面而来，格外怡人。走着走着，突然看见一条大坝，石漫滩就出现在眼前。当然，这是我为自己设计的一次浪漫之旅，那个陪伴我的人，你可以想象成我的梦中情人。

可惜，此刻我是孤独的。我曾经想约一两个朋友一起前来，可是，她们都忙，忙着挣钱，忙着照顾老人和小孩，好像那个家离开她们，就无法运转。那一刻我就想，没人陪伴，就来一次说走就走的旅行。其实，孤独的旅行，说不准是一次艳遇的开始。

车沿着公路箭一般飞驰，去石漫滩的心情是迫切的。这缘于朋友对石漫滩景色的夸张描述。她告诉我，走进石漫滩，就走进了一片绿色的世界。石漫滩的水，绿得能照见人影，有的地方浅绿，有的地方碧绿，有的地方翠绿。还有沿湖岸连绵起伏的山峦，长满了各种各样的树，开着七彩的花。还有奇石馆、二郎山、蒙古风情园等。她特别提起情人岛，说什么篝火晚会，七彩流光，绿男红女，个个亮眼。说起情人岛，朋友眼放绿光，一副色眯眯、贱贱的样子。

让我心动的不是情人岛，而是水和树，绿莹莹的湖水，苍翠浓郁的树林，七彩的花朵。

石漫滩是什么样子呢？水是不是朋友描述的绿色？能不能看到大鱼？船是乌篷船还是快艇？晚上有没有篝火晚会？那个叫石漫滩的湖，究竟是什么样子，我不知道。不过，对于不知道的东西，你可以大胆地联想。你想它是天池，它可能就是天池；你想它是青海湖，它就是青海湖。在想象中，思想可以是脱缰的野马，自由驰骋。

窗外下着沥沥淅淅的小雨，透过车窗，是公路边一排排的树，还有连绵的山，次第从我的眼前掠过。路上，车辆稀少，甚至看不到一个行人，突然就有一种孤独的感觉。心想，要是有个人做伴，陪我说说话，该是多好啊！又想，陪我的那个人，最好是一个风度翩翩、温文儒雅、智慧幽默，还知道怜香惜玉的帅哥。我突然就笑了，还说朋友色眯眯、贱贱的样子，自己呢？怎么也这么想。

这样想着想着，就到了石漫滩。

二

石漫滩，给我的第一印象，是绿。树是绿的，山是绿的，就连湖水，也是凝绿的。一种化不开的绿，在眼前缭绕。

最先看到的是树，树很多，松树、榆树、槐树、枫树，有多少种树木，无法数清。林海茫茫，把二郎山覆盖在一片绿色之中。因为是在秋天，没有看到朋友说的七彩的山花，只有片片野菊，开着细碎的黄花。

在春天，槐花是石漫滩国家森林公园的一大景观，一片又一片白色的槐花，把山变成花的海洋，大地一片洁白。五月，杜鹃花开，层层叠叠的杜鹃花，开得烂漫，把山都染成红色。只是，在秋天，我们无缘一睹山花烂漫。

山上的树木品种繁多，根深叶茂；虽是初秋，但绿色一点都不黯淡，只是没有了春天的鲜嫩，色彩变得凝重。那绿，越发厚重，在凝重的绿色中，我看到了季节变化带来的成熟。那一刻，我想到了庄稼，比如玉米，开始是绿中带着嫩黄，然后又嫩黄变为淡绿，叶子深绿时，玉米就要成熟了。树也是，绿色的变化，是大自然告诉我们，季节循环的过程。

也许是绿色的吸引，鸟很多，它们在树的枝丫间飞来飞去，充分享受这大自然的沐浴。最多的是麻雀，这种小家伙在树丛里蹦蹦跳跳，自由自在，稍有惊动，一哄而散，顷刻消失在林海中。云雀的歌声是美妙的，滴溜溜，滴溜溜，唱个不停。云雀是不大露面的，只闻其声，不见其影。我还看见两只啄木鸟，色彩斑斓，在林子里飞来飞去。这些大自然的精灵，让我们的旅途，少了些寂寞，多了点诗情画意。

在玉皇金顶，俯视二郎山群，秀气俊美，巍然耸立，仿佛刀削斧劈，神工造化；各种各样的树，郁郁葱葱，把山装扮得青春亮丽。我想，一座山，如果没有绿色，只不过就是黄土和石头的组合。没有绿树，没有花草，没有飞鸟，山该是多么的寂寞。

我喜欢绿色，没有绿色，不要说是山，也不要说人，就是这个世界，都是孤寂的。

在石漫滩，满眼的绿，让我们的生命蓬勃。

三

走进石漫滩，其实就是走进一池清澈如镜的湖水。

站在湖边，那一泓澄碧的湖水，在微风的吹拂下，闪烁着鱼鳞般的光芒。在湖边，浅浅的水，是透明的白色，稍远，是淡淡蓝色，再远望，水变得深不可测，泛着凝重的绿色。在阳光下，眺望石漫滩水库，那是一条碧绿的飘带，似凌空飘然而下。我看那水，分明就是绿色翡翠。

站在坝上，环顾石漫滩，曲曲折折的湖岸线，沿着山的走向，若明若暗，若隐若现。宽阔的湖面，波纹闪闪，宛如一片耀眼的碎金。偶尔风起，波纹变成了波涛，风拥着波涛，溅起层层叠叠的浪花，卷起千堆雪。波涛总是在风的作用下，不断地变化着，给你一个又一个的惊喜。

站在湖边看湖水，是一种美。而走进湖中与水亲密接触，则是另一种景象。我走下大坝，晃晃悠悠地走上游船，刚开始，游船在湖面上悠悠而行，晃得人们的心也悠悠的，还未体验到在湖水中悠然的曼妙，轰的一声，游船提速，箭一般向前驶去。湖岸唰地一下被甩出了很远。身后，翻起了一条白色的浪花，我感到速度的力量，是那么令人震撼。那一瞬间我觉得，在大自然的面前，人的力量是那么的渺小。

水是碧绿的，绿得深不可测，看着让人有一种莫名的恐惧。但我还是无法抗拒水的诱惑，忍不住把手伸进水中的，水似乎有点抗拒，不愿意接纳我们。但很快，水开始变得温和，变得柔软，感觉中，伸在水中的手，好像是在棉花中，又好像是伸在云雾中，那种美妙，无法言说。

船快速前行，在速度最快之时，船突然左右摇摆起来。开始是缓慢的摇摆，慢慢地剧烈地摇摆起来，船上的人随着船的摇摆而摇摆，那样子，随时都有可能在一瞬间，船哗地翘起，倒扣在湖水中。大家禁不住发出一阵阵的惊叫。我看开船的师傅，一脸坏坏的笑。于是，大家明白，是开船的师傅使坏，故意给大家制造恐怖气氛。

不知是谁，大声地喊：看，水鸟！

是什么鸟？大家都不知道，有人说是海鸥，也有人说是沙鸥。但我觉得像苍鹭，但苍鹭纯白色的很少，有可能是白鹭。白鹭多生活在南方湖泊和湿地，如果是白鹭，足以说明，石漫滩的生态是令人满意的。

坐在游船上，可以看到二郎山的倒影。水中的二郎山，长满了绿树，倒在水中的树，显得更加翠绿，树的绿，把湖水染成了绿色。

绿色，总是缭绕在我的心头，看什么都是青翠的色彩。

四

随着拥挤的人流，我走进情人岛，这个让我心动的地方。只是，形只影单的我，没有感受到爱的温馨。走在路上，不时看到手挽手、肩并肩，有说有笑的一对对恋人。我觉得，此刻的我，是那么的孤单。

情人岛，并不是幽雅静谧的忘忧谷。走进情人岛，到处都充满了喧嚣声。拥挤的人群，红男绿女的调笑声。篝火晚会上，扭着腰肢的情侣，在音乐的伴奏下，疯狂地旋转着，不时发出一声尖锐的口哨声。锣鼓声中，是民间艺术表演者的精湛技艺。在这热闹的场所，静享恋人的甜蜜时光，让山水为爱情作一个见证，只是美好的想象。

野外烧烤，弥漫的香味，十分诱人，但此时的我，却没有一点食欲。是的，看着一对对恋人，他们喝着啤酒，吃着羊肉串，毫无顾忌地说着情话，大声地调笑。只有孤零零的我，孤独、寂寞。

我看到一对俊男靓女，乘坐着花船，在悠扬的山歌中，夜游石漫滩。我突然觉得，如果此刻，能有心仪的人相伴，在湖面上荡舟，该是一番什么样的情趣啊！可是，我只能站在岸边，看着花船远去，消失在朦胧的夜色中。

有人邀我跳舞，很帅气的中年人，说话轻声细语，给人一种彬彬有礼的感觉。但我心烦意乱，哪有心思跳舞，我很不礼貌地扭头就走，留下他怔怔地站在那里。我突然想笑，那么帅气的美男，被人无情地拒绝，心中的失落，是无法言说的。

我想，这不能怪我，谁让他不带个恋人，或者是带个情人呢？

五

是在清晨，蒙蒙的雨中，我来到了石漫滩唯一的吊桥。可能是我来得有点晚，桥上已站满了人。走在吊桥上，摇摇晃晃，有一种眩晕的感觉。比我早来到吊桥的是一位帅哥，看上去很文雅，却没想到，文雅的帅哥，有点坏坏的。我刚走上吊桥，吊桥突然就左右摇摆起来，我打了个趔趄，差点摔倒，吓得我忍不住一声惊叫。抬头看帅哥，满脸的坏笑。

与吊桥遥相呼应的是石漫滩水库大坝。据说这条大坝，是淮河第一坝，十三孔的大坝，钢筋铁骨，巍然屹立在石漫滩，可抵千年一遇的大水。

我走上大坝，上面站了很多人。走着走着，看到大坝上有一条流水的小沟，水很清也很浅，突然看到小水沟里，有一条鱼在游动，是条白鱼，活蹦乱跳的。我捉起小鱼，抛向水库，小鱼在水面摆动一下尾巴，就没了踪影。刚把小鱼放生，有人说，那鱼是钓鱼人钓的，人家好不容易钓上一条鱼，你手一甩，就放生了。我伸伸舌头，做了个鬼脸，向前跑去。

站在大坝上，看到坝下面有一块石碑，刻着"75·8"这样的数字，再看，原来是溃坝遗址。1975年8月的那场洪水，因为溃坝，致使下游数十万人被洪水夺取生命。那场灾难，给数百万人留下了无法抹去的惨痛记忆。竖起的石碑，似乎在告诉我们，不要忘记曾经的苦难，不要忘记被洪水夺去生命的人。这块石碑，是警示，也是缅怀。

离开大坝，我们去看水生动物化石群落：海龟化石群和鳄鱼化石群。海龟石和鳄鱼石，是原始海底中的化石，因地壳变动形成的。据有关地质学家推测，此地下可能还埋藏有更多更完整更奇妙的水生动物化石群。

这些化石，虽经数万年的风吹日晒，表面已斑驳脱落，但个别化石仍完好无损，形神兼备。

禹王洞、情人岛、奇石馆、度假村、蒙古风情园等景点，也让我大饱眼福。

六

离开石漫滩，已是下午两点。此次石漫滩之旅，让我尽情地享受了她的美丽。她那苍翠的绿，清澈明净的水，雄奇险峻的山，都清晰地留在了我的记忆里。

返回的途中，不由得心生感慨，美好的时光，总是稍纵即逝。那些美丽的景色，刚刚还鲜活地在我们的眼前晃来晃去，可当我踏上车，车轮一转，那些美景就瞬间从眼前消失了。

我听到有个声音在说："多么美丽的景色啊！我还会来的，我喜欢这里的树，喜欢浓浓的绿色，还有清新的空气。"

我知道，这是来自我内心深处的声音。

其实，再美的风景，也会因心境不同而改变着心中的景色。比如秋天，有人看到的是万山红遍中的那一抹绿，有的人看到的是果实累累的丰收景象，也有的人，在他们的眼中，是满地落叶，是枯萎后的萧杀。

而我，总是渴望美好的东西。也因此，石漫滩在我的眼里，美不可言。

我喜欢石漫滩，是因为那些无处不在的绿。

在白河，与美丽的白鹭对视

多年后的那个冬日，我再次看到了白鹭。

午后的阳光，暖洋洋的，晒得人身子很舒服。我和祖老师在白河边散步，忽然就看到几十只白鹭，蹲在河中央的铁栅栏上。那是河道管理处用铁管焊制的栅栏隔出来一片水域。栅栏的主干，有十来岁小孩的胳膊那样粗，每隔 20 米装一只白炽灯，既可照明，又是装饰品。白炽灯与白炽灯之间，一排蹲着十几只白鹭。

"快看，是白鹭！"我惊喜地跟同行的祖老师说。"看见白鹭，有啥惊奇的，现在白河上游的环境和水质不错，看见白鹭，是常有的事儿。还有很多水鸟，有你惊奇的。"他慢吞吞地说道。"哎，可我这些年，真的没有看到过！"我还是掩饰不住内心的喜悦。

我觉得像天鹅、孔雀、白鹭这些鸟，属于鸟类中的贵族，像麻雀、乌鸦、鸽子、鹌鹑等，属于鸟类中的平民。鸟中的平民在林间地头倒是常见，像白鹭这类贵族鸟，我见得真不多。

白鹭身体纤瘦而修长，嘴、颈、脚均很长。远远地看着，它披着一身白色的羽毛，呆呆地望着河面。羽色在夏季和冬季也有很大的变化，夏季嘴为橙黄色，脚为黑色，趾为黄色，眼先为蓝色，枕部生有多枚细长白羽，组成的矛状冠羽。像一对细柔的辫子，迎风飘扬，美丽动人。据说，冬季的白鹭嘴变为暗褐色，尖嘴的基部呈黄色，眼先为黄绿色，脚也是黄绿色，背部、肩部和前颈的蓑状饰羽也统统消失了。

看着栅栏上白鹭呆傻木楞的样子，我不禁想：白鹭是很灵性的鸟儿，该是灵活而优雅的。可为什么看起来呆傻傻的，难道它有自己的烦恼和不得已？就像我的小女儿一样，本来每天放学后想开开心心地玩耍，可没完没了的家庭作业，几乎占据了她所有的课余时间；就像我的公公，对小孙女疼爱的程度简直到了溺爱，可他总要承受孩子做作业时，我对她恨铁不成钢的呵斥，让他无比地心疼和烦恼；就像我自己，成年后还幻想坚守内心那美好的纯真，可最初的美好正一点点地被生活所腐蚀。

可后来我发现，是自己想多了。哈，白鹭并不像我一样多愁善感，它傻乎乎地蹲着，是有目的的。它看似一动不动，好像在闭目养神，其实它此刻正聚精会神地盯着河面，一旦发现猎物，便以迅雷不及掩耳之势扑下去，用长嘴向水中猛地一啄，一条活蹦乱跳的鱼，便成为它口中的美味。

白鹭喜欢以捕捉各种小型鱼类为食，也吃虾、蟹、蝌蚪和水生昆虫等。通常，白鹭喜欢漫步在河边、水渠、溪流或水田中，边走边啄食。那些在水中游动的小鱼小虾，瞬间就成为它们的食物。

我第一次见到白鹭，也是在白河。那时，我刚上初中。放了暑假时，在舅舅家住。舅舅家在柳林庄，紧邻白河，村庄与白河中间隔着一片柳树林，所以村庄就叫柳林庄。二十一世纪初，城镇化建设如火如荼，村里的土地被政府和开发商征用，慢慢地柳林庄的土地就被全部征用，村里人卖了地，补了钱分了房，摇身一变，成为了城市人。我舅舅就是在那个时候，在城市有了自己的房子，成了城市人，舅舅家表哥也被招工在厂里上班。

在舅舅家还没成为城里人之前，那时我十来岁，和舅舅家表妹同岁。每次来舅舅家，我喜欢和表妹去柳树林玩。柳树林是一片沙地，我们经常脱了鞋子，在沙地上疯跑，跑累了就坐在白河岸边看鸟。白河上的鸟儿很多，白鹭、鸳鸯、翠鸟、绿头鸭、苍鹭在河中戏水。树林中还有些麻雀、斑鸠、猫头鹰、白头翁、八哥等鸟，在林子里扑棱扑棱乱飞。我们坐在鸟的天堂中，幻想着自己若也有一双鸟的翅膀，能翱翔天空，该有多好。

常在林子里玩，去河边看鸟，认识的鸟儿就越来越多。就是在那个时候，我第一次看到了白鹭。它的羽毛雪白雪白，没有一点杂色，黑色的大长腿和长嘴巴，站在白河中央的一片芦苇上，瞬间就惊艳了我。白鹭多美呀，像位不食人间烟火的仙子。而这一片白河、这一片树林，也因为这一位仙子的存在，仿佛成了仙境。

后来，再去河边玩，看白鹭，就成了一项重要的活动。因为喜欢，就缠着表哥，让他去河里逮一只回来养。表哥就拿了网兜和竹竿，带我们到河边，先是把网兜系到竹竿上，可没等到走近，白鹭就飞走了；又想着用食物把它引过来，像小时候逮鸟那样，扣着它，但白鹭就是不上当，再次失败。舅舅来了，他看我们笨拙的样子，哈哈大笑，说："白鹭这种鸟就不与人接近，你们还想养，那不是害了它？再说，它吃的是河里的小鱼小虾，你们用粮食来引诱它，它怎么会上当呢？"

直到长大后，才明白，喜欢白鹭，就想把它逮起来养着，是个错误的想法。白鹭的天堂，就是宽阔的河面。你若把它逮回来，养在一个笼子里，是养不活的。1993 年的时候，柳林庄后面的柳树被砍伐，修一条宽宽的公路，取名叫白河大道。道路的两边，种上了垂柳，柳林庄的人们出行很方便，路上整天人来车往的。道路宽敞明亮，人越来越多，但鸟儿慢慢地就少了很多，我就再也没见到过白鹭。

时间过得太快，仿佛眨眼之间，三十年已经过去。白河边的沙滩，早已消失，变成了纵横交织的公路。白河的两岸新修了白河大道和滨河路，河里筑起了第一、第二、第三、第四橡胶坝。昔日的白河经过治理，水面从浅滩水坑到碧波荡漾，沿岸从杂树丛生到花草相宜，白河成了湿地公园！清晨和夜晚，白河岸边休闲散步的人越来越多。

我常常会想起白鹭，每次经过白河，我都会向河里望一眼，看看有没有白色的水鸟出现。对于白鹭的关注，或是因为小时候想养一只白鹭，未能遂愿的缘故，它让我心生牵念。人总是这样，对求而不得的东西，总是心中印象深刻。

对于白鹭的美，古代诗人多有赞赏。刘禹锡的《白鹭儿》："白鹭儿，最高格。毛衣新成雪不敌，众禽喧呼独凝寂。孤眠芊芊草，久立潺潺石。前山正无云，飞去入遥碧。"赞扬了白鹭的高尚品格：不谐于俗，居荒野泉石仍卓然独立；一旦云消则振翅蓝天。也包含着诗人不与世俗同流合污的高贵品质。王维的《积雨辋川庄作》："漠漠水田飞白鹭，阴阴夏木啭黄鹂。"广漠空蒙、布满积水的平畴上，白鹭翩翩起飞，意态是那样娴静潇洒；诗中那唯美的意境，把我对白鹭的热爱的情愫又激发出来，让我自然而然地想起小时候在白河边看白鹭的情形。

当代诗人郭沫若写过一篇《白鹭》，他说："……白鹤太大而嫌生硬，即如粉红的朱鹭或灰色的苍鹭，也觉得大了一些，而且太不寻常了。然而白鹭却因为它的常见，而被人忘却了它的美。"将白鹭与朱鹭以及苍鹭作对比，以此来突出白鹭的不同寻常。接着他写道："那雪白的蓑毛，那全身的流线型结构，那铁色的长喙，那青色的脚，增之一分又嫌长，减之一分则嫌短，素之一忽则嫌白，黛之一忽则嫌黑。"突出了白鹭的平凡而美好、朴素而高洁的特点，赞颂了白鹭的美。

那些白鹭，依然蹲在铁栅栏上，一动不动。我有点好奇，对着白鹭大声地"哎嗨"。可能是我的声音太大了，有两只白鹭望了望我，身子微微地抖了一下，似乎是想飞走，但最终没有飞走。我觉得它们其实一直在看我，只是我没注意。我有点兴奋，对着它们发出了一连串的"哎嗨"声，我突然觉得，随着我的声音，它们齐刷刷地看向我。我对祖老师说："看，白鹭在看我们呢！"祖老师说："白鹭灵性着呢，不要惊了它们！"

祖老师说："现在的白河治理得越来越好，以后还会有更多的鸟出现在白河。可能还有很多你以前从没看到过的鸟来到白河。你现在看见白鹭，觉得稀奇，再过两年，成群的鸟在你的眼前飞来飞去，你看得多了就不觉得稀奇了。"

是的，最近几年，白河治理得越来越好，沿岸绿树葱郁，花果飘香。昔日浑浊的白河水，如今变得清澈碧绿。白河里，鱼虾成群，水鸟翩飞。我后来到远离市区的河段转了转，发现成群的白鹭、白鹳、鸿雁和十几种野鸭，偶尔还能看到白琵鹭、鸳鸯和天鹅。今日的白河，成了鸟的天堂。

我们走的时候，那些白鹭，依然自在地立在白河中央。我看着它们那雪白的羽毛，黑黑的嘴巴和修长的腿，看到它们呆呆地盯着河面，看到它们发现猎物时迅猛捕捉的样子，仿佛时光从来不曾前进，只是凝固在少女时代欣赏白鹭的那个午后。

第二辑　如画的山水

　　总是说：来一次说走就走的旅行。可面对生活，谁又能如此洒脱？在物欲横流的世界里，生存的艰难时时令人困惑，何以宁静淡泊？总是说：带着情人去旅游。谁又能做得到？也许，孤独的灵魂可以安放，但俗世的闲言，柔弱的肩膀何以承担？因此，走进山水，放飞心灵，于我而言，只是一种奢望。——《二龙山，一幅凝重的山水丹青》

胡杨，胡杨

一

那年秋天我去新疆，沙漠里的一片胡杨带给我的震撼，前所未有。这是一片什么样的林子呀，有的矗立着，有的躺卧着，有的斑驳，有的死去。活着的枝繁叶茂，泛着明黄的色彩；死去的铁骨铮铮，向天而立；躺下的风吹不蚀，雨淋不朽。

我走过很多地方，看到过很多树。在陕西省，我看到过被称为"世界柏树之父"的"轩辕柏"，此树耸立在桥山脚下的轩辕庙内，树高20余米，胸围7.8米。时过五千余年，依然枝繁叶茂。山东浮来山定林寺，有株树龄达四千余年的银杏树，古银杏树参天而立，远看形如山丘，龙盘虎踞，气势磅礴，冠似华盖，繁荫数亩。湖北沙市旳章台古梅，树龄两千余年，据传为楚灵王所植。每年腊月，满树的蜡梅盛开，香飘百米，吸引了不少游客前去观看。还有九华山的凤凰松，黄山的迎客松，两棵千年古树，依然枝干遒劲，苍翠挺拔，姿态优美，生机勃勃。我对它们栉风沐雨，历经岁月磨难，表现出顽强的生命力，感到由衷的赞叹。

不管是"轩辕柏"，还是"帝王树"，或者是千年古梅，它们虽然让我感叹生命的顽强，但与长在干旱的沙漠里，经受着风沙拍打，忍受着盐碱腐蚀的胡杨相比，那些备受呵护的柏树、银杏树、松树、蜡梅，谁更应该值得赞美？在我看到胡杨的那一刻，我就觉得，没有一棵树，能像胡杨那样，让我的心充满敬畏。

在去新疆之前，我是没见到过胡杨的。同行的朋友梅，是生活在新疆的南阳人，每次回南阳，总要说说新疆的事情。梅说起新疆的天，总是喜欢用"瓦蓝瓦蓝"来形容；梅说新疆大地的辽阔，是"没边没沿"；梅说新疆的沙漠，踏上去一个坑，又软又稀松，像块大海绵；梅说新疆的狼，像南阳的狗，四处乱窜，吓得我花容失色。梅看到我的恐惧，笑得花枝乱颤，肚子上的赘肉上下跳动。

梅如愿把我从南阳钓到新疆。在路上，梅告诉我，秋天是看胡杨的好时节。梅问我："看过胡杨林吗？"我说："没看过。"梅说："胡杨树，长得枝杈舞脚的，秋天的胡杨，叶子黄爽爽的，好看。"梅说的"枝杈舞脚"就是自由自在，恣意疯长。梅的用词，既形象贴切，又风趣幽默，通俗易懂。与梅相处，总是让人开心。

对于胡杨，我多少还是了解点。听说胡杨"生而一千年不死，死而一千年不倒，倒而一千年不朽"。在新疆维吾尔族人的心中，胡杨树是"英雄树"。记得看过一篇写胡杨的游记，说胡杨是不死树，那篇游记给我留下了深刻的印象，让我记住了一种叫胡杨的树。胡杨，它确实是一种不死的树。不管别人相信不相信，但我相信。

胡杨，这沙漠的儿子，用一片绿意，撑起了沙漠的脊梁。它让我在敬畏的同时，生出无限的好奇。资料显示：胡杨，又称"胡桐""眼泪树""异叶杨"，为杨柳科落叶乔木，是世界上最古老的一种杨树，以强大的生命力闻名于世。

是的，凭空想一想，你就会觉得，这确实是一种了不起的树种。长在沙漠，面对着盐碱、干旱和恶劣的气候，能在如此残酷的环境生存，依然枝繁叶茂，用夏天的绿，秋天的黄，亮丽着我们的眼睛，给辽阔无垠的沙漠一点色彩，让我怎能不产生敬畏？

二

在乌鲁木齐，朋友梅说："去看胡杨林，有两个选择，一个是去老龙河胡杨林风景区。不过，这片胡杨林很年轻，树龄在百余年，但距离近。另一个是去木垒胡杨林景区，距离远，二三百公里。但那里的胡杨，树龄在六七千年，是世界上最古老的原始胡杨林。去木垒，还可以看看梭梭林、七星泉、鸣沙山，都是很美的地方。"

我没有犹豫，直接选择木垒胡杨林。我笑着说："既然你把我钓到新疆，我就不为你省那仨核桃俩枣，只当打土豪分田地了。"梅大笑："知道你要宰人，既然要开饭店，就不怕大肚汉。"

新疆的天真蓝，就像梅说的那样"瓦蓝瓦蓝"的，那是一种澄碧的蓝，旷阔的蓝，幽雅的蓝，蓝得耀眼。还有云朵，白得纯净，不掺一点杂质，看新疆蓝天白云，感觉心都变得纯净了。心纯净了，人自然也就纯净。此刻，我是个纯净的人，我为自己变得纯净而感到自豪。

梭梭林，在木垒哈萨克自治县城北部，是现存最原始、最古老、保存最完好的梭梭密林，林中树木盘根错节，树干粗大，枝繁叶茂。因为时间关系，我们没有走进梭梭密林，只是沿着密林走了一段路。据说密林中还有黄羊、狐狸、青羊、石鸡、兰马鸡等野生动物出没，但我们没有看到。说实话，我很喜欢狐狸，精灵古怪的动物。我在想，要是能留下来多好，看看我梦寐以求想见到的可爱的小狐狸。尽管不能留下来看狐狸，但还是有收获的，在梭梭林的上空，我看到一只鹰在天空中盘旋，鹰很大，伸开的翅膀，有一两米长。这么大的鹰，我还是第一次看到，但不知道是什么鹰，这有点遗憾。

鸣沙山原本是不打算看的，几年前我去敦煌，专程游览了鸣沙山和月牙泉。心想，都是沙漠里的沙丘，大致长得一样吧。我这样对梅说时，梅并不赞同。梅说："虽说都是沙丘，但各有千秋。中国这么大，山河这么多，难道你看了张家界，就不去九寨沟吗？你去了青海湖，就不看洞庭湖了吗？你到了长江，就不看黄河吗？"梅说得有道理，我张了张嘴，无言以对。我说："你巧嘴八哥，我说不过你，去就去吧！"

梅说："这就对了。再说，木垒的鸣沙山与敦煌的鸣沙山是不一样的。木垒鸣沙山是由大大小小几十座山岗组成的，山的形状像锥子，棱角分明，跟金字塔有点相似。沙子金黄，色彩艳丽，太阳一照，金黄金黄，童话世界一般。最奇怪的是，沙山常常发出雷鸣之声，响声高亢，断断续续，高高低低，高时音如万马奔腾，低时细若丝竹之声，很奇妙的。"

梅这么一说，倒是勾起了我的好奇之心。我想，既然要看，就要认认真真地看。我对梅说："今天先不看鸣沙山，明后天咱们专程游览鸣沙山、七星泉。免得后悔。"我们是第三天去看的鸣沙山，梅说得没错，木垒鸣沙山，给我留下了深刻的印象。关于木垒鸣沙山，我在另外一篇文章里，作了详细的叙述，写下了我对鸣沙山由衷的赞美。

说实话，我的心里，始终牵挂的是胡杨林，那种一睹胡杨风采的急切心情，催促着我。我对树木，有一种特殊的情感，这么多年来，不论走到哪里，我的目光，总是离不开那些郁郁葱葱的树木。我觉得，一座山没有树，山就是少了些灵气；一个村庄没有树，村庄就显得凋敝，人丁不旺；一片土地上没有树，这片土地就是孤寂的，像茫茫的沙漠，毫无生机。更何况，我要看的是沙漠里的不死树。

三

雄浑、壮阔、浩瀚、斑斓。这是木垒胡杨林给我的最初印象。我找不出恰当的词汇，来描述我此刻的感受。一望无际的胡杨林，让我惊讶、瞠目、震撼、心悸。

在这里，我不得不说天空。这里的天空确实很美，仅仅用一个美字，你无法形容。是的，在新疆，在昌吉，在木垒，天空都是一样的，湛蓝湛蓝。蓝的天空，金色的太阳，明黄的胡杨，交织相映，你无法形容那种色彩。那种无法言说的美，让你感到词汇的欠缺。

胡杨林，与我想象的并不一样，不是密密麻麻的林子，像我家乡南阳的大山，松树林密不透风。木垒的胡杨林，看上去有点稀疏，三五米一棵，有的十来米一棵。这些胡杨，树干粗大，颜色浅白，树皮皲裂，写满了岁月的沧桑。林子里的树，高的足足二十余米，树干奇粗，需多人合抱尚显不足。树冠呈伞状，叶子形态各异，有的细长，像柳叶，状如娥眉；有的椭圆，扁圆光滑；有的半卷如扇，边缘带齿痕。有"三叶树"之称。摘一片树叶，面对阳光，你能清晰地看到叶片上的纹脉，像密布的血管，呈扇形展开，甚是奇特。

我寻一高处，站在那里眺望。阳光下的胡杨林，明黄的叶子与金色的阳光交相辉映，在微风的吹拂下，涌动着金色的波浪，充满着野性之美。我想，它们多么像新疆妩媚的女人，张扬着个性之美。或许，它们更像新疆的男人，有一种粗犷奔放之美。

在胡杨林，我看到很多形状奇异的胡杨，或站、或蹲、或坐、或卧、或爬，姿态各异。有的高耸挺拔，有的如苍龙狂舞，有的似猛虎出笼，还有的静卧大地。那种磅礴的气势，向大自然展示着不屈不挠的精神；那种千姿百态的造型，凸显着历经岁月洗涤后的壮美。

面对胡杨，我只有敬畏。它们在干旱的沙漠里，被如火的阳光炙烤着；它们在冷酷的严冬里，被冰雪包裹着；它们在漫天的狂风中，被沙砾拍打；它们在不毛之地里，被盐碱侵蚀。但是，它们以顽强的生命力，走过了6500年的苦难岁月，站成一道亮丽的风景。

是的，是风景。我看到过这样一棵胡杨，它已经倒下，究竟什么时候倒下的，我不知道，可能有上百年，也可能上千年，树干已经被风雨侵蚀得千疮百孔，但那像头颅一样的枝干，依然伸向蓝天。似乎是在告诉我们，就是死，也不能低下高贵的头。

而另外一棵胡杨，更让我震惊。这是一棵连体树，被风沙侵蚀得斑斑驳驳，树干上没有了树皮，裸露出黄褐色的纹理。如果你不往上看，它就是一棵没有生命的枯木。然而，当你抬起头向上看时，那上面有一树冠，像一柄伞，金黄的叶子，在风中微微地摇动着。我真的很惊讶，它们能够活下来，简直不可思议。

在一个小沙丘上，我看到几棵倒下的树，已经没了生命。中间长着四棵胡杨，最大的一棵已尽显老态，枝干皲裂，枝丫枯死，只剩下一小小树冠。老树的旁边，是一棵虽然显得苍老，但看上去依然旺盛的树。而下面的两棵树，正值盛年，挺拔伟岸，充满着青春活力。如果把四棵树组成一个家庭，那最老的就是爷爷，略显苍老的是父亲，下面的就是孙子辈了。那些倒下枯朽的树，当然就是爷爷的爷爷了。我想，树和人一样，一代又一代，代代传承，繁衍不止，生生不息。

其实，一望无际的木垒胡杨林，像一个粗犷刚毅的男人，以坚强的毅力，抗拒着飞沙走石的蹂躏，尽管树枝干枯树冠残缺，依然挺起胸膛迎风而立，站成一尊尊庄严肃穆的雕像，用一抹绿，昭示生命不屈；用一抹黄，为荒漠染色，装扮大地。

我们是在看过鸣沙山和七星泉后返回乌鲁木齐的。昌吉五天的行程，带给我的是一次次的震撼和感动。这里的山峦，这里的花草，这里的树木，这里的沙漠，这里的泉水，都一一烙在我的心中，给我留下了美好的印象。

离开新疆返回南阳时，朋友梅问我："新疆美不美？"我说："真美，昌吉更美。"梅笑："美了以后多来。"我在心里想，不用你提醒，我肯定会来的。一晃就是几年，我却一直没有再踏上这片美丽的土地。但我的心，始终都留在了新疆，留在了木垒的胡杨林，留在了梭梭密林，留在了鸣沙山。这片土地，拽走了我的魂。

吴垭，石头垒砌的家园

一

在一个秋日，我走进内乡乍曲吴垭石头村。我的面前，是一堵堵石头砌起的石墙，青白、青灰、栗青、赭红、红灰，色彩斑斓。形状、色泽不一的石头上，长满了青苔，斑斑驳驳，昭示着岁月的沧桑。

吴垭村，地处豫西南内乡县城西六公里的乍曲乡，是一个距今有300余年历史的"中国景观村落"。这里用石头筑起的房屋，形成了独具特色的传统民居建筑群，在少数民族地区，也是比较罕见的。石头村中的建筑，清一色的石墙青瓦，从基石到屋顶，找不到一块砖。整个村庄像一座青石城堡，掩映在茂林修竹、古藤老树之中，浑然天成。独特的民俗，新石器时代文化遗风犹存，堪称露天民俗博物馆。

走进村庄，到处都是石头的世界，蜿蜒的山路，铺满了石头；石头砌起的房屋，傍着青山，一层一叠，错落有致；院子的地基，因地势陡峭，有的高达数米。板桥、台阶、门楼、磨房、畜圈、盆罐、食槽、桌凳等生活用品，都是清一色的石头，在村庄、院落里随处可见。石头，是村庄的主宰；石头，是村庄的主角。

石头砌起的石墙、石桥、台阶、门楼，你看不到水泥、石灰的痕迹。它们是由一块块厚度不一，形状各异的石头组成，有的似千层饼层层排列，有的用方圆不一的石块垒砌，看似不规则，看似松松垮垮，但格外结实，历经几百年的风霜雨雪，依然矗立在这里。我们的先人，用精湛的技艺，构筑成亘古不变的家园。

面对石头，我心中充满敬仰。石头是凝重的，因为它是三百年风雨的历史见证；石头是殷实的，它留下的都是坚硬的内涵！无言的石头，是农耕文明的遗存，是世事交替，社会更迭，生死轮回的目击者。

一直以来，我对石头，充满了敬畏。这种情结，源于于谦的石灰吟："千锤万凿出深山，烈火焚烧若等闲。粉身碎骨浑不怕，要留清白在人间。"任凭千锤百打，任凭烈火焚烧，哪怕粉身碎骨，只为清白留人间。于谦的《石灰吟》，给我留下了深刻的记忆。

我突然就笑了，看古老的石头村，却突然与于谦的《石灰吟》联系在一起。似乎有点莫名其妙。但仔细想，也不是没有道理，现在社会，经济高速发展，一个物化的社会，追求金钱，追求权力成为人们的信仰。而见证着沧桑历史的石头，几百年来，默默地站在这里，以智者的眼光注视着我们，在石头面前，我们是不是该自惭形秽？

石头村的石头，并不像我想象中的青白色。青白、青灰色的石头，只是其中的一部分，其余大部分是有点发红的石头，可能是吴垭这个地方石头的特质，所以整个石头村都是淡红色系，看上去很柔和。铺路的石头和建房的石头，都毫无规则，路上的石头就随意地一放，一条路就出来了。至于路通向哪里，就看当时修路人的心情吧。

建房的石头大小相间，一些大的石头撑起房屋的轮廓，不平整的地方，用小石块填补。修好后的墙面，远看平平整整，近看坑坑洼洼。房顶的建造是用青灰色的古式老瓦，上面拱出一个脊儿，房屋看起来还是很安全的。村口的一处房子里，还住着一位老奶奶，我看见她时，她正坐在树下打盹，这是为数不多的守在老屋的留守老人。屋里很简陋，地面是黄土夯实的土地，两个板凳和一个萝筐，屋内很凌乱，年久失修的样子。

村里的房子大都没人居住，但是每座宅子的大门上都贴着火红的对联，门紧闭着，铁将军把门。所有的房子建得都很高，门口需修十几道台阶，才能进得院内。大部分都是三合院，有两进院和三进院，正房四间，坐北朝南，东西两边建有偏房。

遥想当年，石头村的村民，或三世同堂，或四世同堂，按辈分和年龄的长幼，分住在不同的房间。他们就是在这样的生存环境里生活，没有电，照明用的是油灯，没有自来水，吃的是几口古井里的水。我在村子里，还看到几口古井的痕迹，但早已干枯。

二

在石头村行走，这里的每一块石头，每一株树，都令人心潮澎湃。那些奇形怪状、形态各异的石头，让人眼花缭乱，产生无限的遐想。有圆的，有方的，有薄的，有厚的，应有尽有。圆的圆润光滑，如同涂蜡；方的方方正正，棱角分明；薄的只有寸许，光滑平整；厚的尺余，深沉厚重。大自然的造化，多么神奇啊！

石头无言，却写满了文字，记载着历史；石头无言，却诠释着一个村庄的变迁；石头无言，却倾诉曾经发生在这里的故事。面对石头，我的语言是那么的苍白，苍白得令我无法表述；面对石头，我是那么的渺小，渺小得我只能仰视；面对石头，我的思想如此的贫瘠，一片空白。

是的，在大自然面前，我们除了敬畏，只能还是敬畏。

在石头村，除了这些石头，便是满眼的绿色了。村里的古树极多，枝繁叶茂，像一个个撑开的绿色雨伞，罩着石头房子。石头砌起的院落，被绿色遮掩，从远处看，你只能看到一片树林，一片色彩斑斓的绿。

吴垭村的树有数十种，黄楝树、青桐树、杨树、松树、核桃、桃树、梨树、桂花树等。就是这么一个小小的村落，种满了古树名木。五百年的黄楝树，三百年的三杈古柏，二百年的金桂，百年的冬青树、皂树、青桐树、柿树等古老的树木比比皆是。

我记忆最深的是一棵古老的黄楝树。这棵五百多年的黄楝树，树干骨骼突出，粗大的根茎像巨大的鹰爪箍住大地。挺拔的身躯，直冲云霄，仿佛一位神人立于天地之间。黄楝树虽历经五百年的风雨沧桑，至今依然枝繁叶茂，硕大的树冠，郁郁葱葱，绿荫盖地。

最让我钟情的树，还有那棵二百年的金桂。苍翠的桂花树，站在院子中间，树荫几乎遮了整个院子。站在树下抬头张望，那些淡黄色细若米粒般的桂花，一簇簇隐在绿叶丛间，若隐若现。一缕秋风拂过，只见那娇嫩的花骨朵随风摇摆，醇香四溢的花香，从枝丫间弥漫着，沁入我的肺腑。我背靠在树干上，在弥漫的花香中，忍不住闭上眼睛，瞬间醉意蒙眬，仿佛穿越到了远古的仙境。

此时的我，身着一身青色长裙，盘坐在月宫的桂花树下，旁边石桌上煮着桂花茶，馨香扑鼻，叫人闻之欲醉。所用茶具，清一色为石具。喝着桂花茶，还有一只白兔相伴，此时，我就是月宫里的嫦娥。连宋朝诗人向子湮都说："人间尘外，一种寒香蕊。疑是月娥天上醉，戏把黄云接碎。"当一回嫦娥，有种被桂花熏醉了的感觉。

其实做嫦娥的感觉还是很美妙的。在这里，没有都市人群的喧嚣，没有水泥混凝土的生冷，没有尔虞我诈的丑态，没有工作生活的沉重压力。有的只是云淡风轻的舒爽，风雨之后见彩虹的喜悦，不忘初心方得始终的淡然。只是，我无法穿越远古，也无法走进月宫，更不是嫦娥。

移步村后小山，说是小山，其实也就是一个大土坡，坡上树木参差不齐，高矮胖瘦都有，和村里石头房子一样，凌乱随意，毫无规则可言。但有一个特点，就是树木都极为茂盛，绿莹莹的一坡，林子里还有各种鸟类，叽叽喳喳的，人来了，它们没有惶恐，没有惊鸣而飞。毫无疑问，它们是这里的主人。

三

恍然间，已是黄昏。

秋日的傍晚，夕阳洒下一抹红色的光芒，照在静谧的村庄。村庄的房屋、绿树、石墙镀上了一层浅浅的红，也许是一层黄，色彩斑斓，古村被罩上一层神秘的色彩。凉风习习，突然感觉有点疲惫，选一户农家，坐在石桌、石椅上，看着眼前那一排排房屋，一边欣赏，一边啜饮着自带的茶水，顿觉惬意，突然就有一种想作诗的欲望。

诗尚未作，却从山坡传来一阵歌声："笛儿悠悠吹，云儿轻轻飞，骑着牛儿蹚着水，赶着夕阳把家回，把家回……"循声望去，半山坡上，一个放牛的少年，哼着歌儿，赶着几头牛回村。我向少年招招手，少年给我一个微笑，向我走来。少年看上去十五六岁的样子，脸被太阳晒得黝黑，眼窝有些凹陷，笑起来牙齿显得格外白。

少年很热心，听说我是来游玩的，便把牛拴到了树上，给我讲石头村的过往。从少年的口中得知，因为居住条件差和石头房子有安全隐患，石头村的住户基本都搬离这里。由于某些原因，少年和奶奶相依为命，不得已还在村里住着。少年已经辍学，在家放着几头牛，照顾年迈的奶奶。

我突然想起树下打盹的老奶奶，这位少年，也许就是老奶奶的孙子吧！尽管这里已不适合人居住，但那位孤零零的老奶奶，在孙子的陪伴下，安度晚年，也算是一种幸福吧。

以后打算怎么办？少年不假思索地说：放放牛，照顾奶奶，山坡上还有地种些庄稼……说这些话时，少年的脸上没有什么表情。我知道，如果这样一直下去，再等上几年，少年会娶上一房媳妇，再生上几个孩子，继续这样的生活。

日复一日，少年将成为石头村的一景，伴随着年迈的奶奶、他的黄牛和满村的石头，继续着现在的日子。看着少年黝黑的脸，我突然生出一种莫名的情感，心一阵阵悸动，眼睛涩酸。我不再看少年，把目光看向远处苍茫的山野。

在石头村游走的过程中，没有遇到其他的游客。村庄是那样的静，偶尔少年的牛会"哞哞——"地叫几声，给寂静的村庄带来一点生机。走在石头铺就的路上，脚步声清晰可闻。阵阵微风徐来，一切显得那样原始、自然。

吴垭石头村，适合闭上眼睛去感受它。感受它的古朴，感受它的静谧，感受它深沉的文化底蕴，还有它百年的沧桑和无言的心酸。

冬日峡谷图

去太极峡谷，缘于一次文友们的聚会。也可以说是笔会，或者是采风，都是流行的说辞。对于文人来说，游玩不太文气，有点俗；而采风或者笔会，听上去既文气又雅致。

冬日宿在山间宾馆，夜里异常的静。偶尔传来一声鸟鸣，在寂静而黝黑的暗夜里，不仅少了点婉转，反倒有点刺耳。胆子小的话，很可能会吓得猛地一哆嗦。比如猫头鹰的鸣叫，会让人毛发倒立，身上起了一层鸡皮疙瘩。好在，在太极峡，没有听到猫头鹰的叫声。

早上七点钟睡醒，房间里还是黑漆漆的。拉开了窗帘，一丝亮光瞬间晕染了房间。对于女子来说，容颜可是件挺要紧的大事儿，镜子边太暗，对着窗子的光亮贴了花黄。

眼前没有物什遮挡，透过窗子望去，是一座苍凉的山。冬日里的山，像一位暮年的老人，沉闷沉闷的，了无生机，着实让人打不起精神去一探究竟。

直到吃了饭，随着一群叽叽喳喳的同伴，来到太极峡谷的门口，我的思绪才像被刚叫醒。入冬后，我如同冬眠的小动物一般，进入一种慵懒的状态，停止了思考，总是懒洋洋的，应付时日。回头想想，在柳树吐露新叶时，早起去看白河春水荡漾；冒着炎热的酷暑，去瞧瞧荷花仙子；经不住秋日舒适的气候，驱车去万里之遥，看苍山洱海……那是一种什么样的精神？可曾经对生活热切向往的我，仅仅十多个春秋，却激情不再。让我总是怀疑自己，是不是对生活失去了热爱？想想，就觉得有点可怕。

年岁越大，越能感到时光飞逝。从春暖花开，到盛夏暑热，越过了我最中意的秋，至了冬，忽觉时光荏苒，如逝水东流。就有了一种想法，把秋天凝住，不想让秋溜走。秋天多美，蓝蓝的天空上，飘浮的云朵，南飞的雁阵，翩翩起舞的蝴蝶，那么的生动；茫茫的原野上，红艳艳的苹果，橙黄的香梨，橘红的柿子，玛瑙般的葡萄……诱惑着我们；还有金黄的稻谷、玉米、高粱；凉爽的风，飘香的丹桂，姹紫嫣红的菊花……芬芳着大地。多想在这样的季节里，打个盹，发个呆，懒懒地想想年轻时的美好时光。最好是时光回流，回到青春岁月，然后停下来，让美丽永驻。这样一想，就忍不住笑出声来。

但人总是活在现实中的，从梦幻中醒来，我知道，时光终究是留不住的。那就不要再辜负这个冬天吧！毕竟过去的就再也无法回来。可喜的是，在这样的心境中，我看到了一幅峡谷冬日图：旖旎的风光，诡异的溶洞，神奇瑰丽的地貌，鬼斧神工的石林，层峦叠嶂的山峰，清澈透明的小溪，飞流而下的瀑布，构成了一幅奇妙的山水画卷。这美妙的图画，让我惊诧。

悠然走进峡谷，惊叹别有一番洞天。更让我惊奇的是，在萧瑟的初冬，山依旧浓绿，水依旧潺潺，就连游在一汪水里的几条小鱼，都是那么的灵动。可是，这一汪浅水，能撑多久？我知道，留在这里的小鱼，是在夏天小溪涨水时，游进来的，溪水落下后，它们就留在了这里。石头上面落水的痕迹，至今依然清晰可见。我突然心生担忧，困在一汪水里的小鱼，若是遇到那些调皮的孩童，它们还能在水中自由地畅游吗？

走出很远，我还在为那几条鱼担忧。我与同行的武老师商议：要不然把它们捞起来，放进更大的水潭里？武老师说：万物都有自然规律，要无为而为，鱼有鱼的活法，生存的法则，就是强者生弱者亡，它们有自己生存的办法。这充满禅意的话语，让我放弃了捞鱼的想法。可是，如果不下雨，那一汪水自然风干后，小鱼会怎么生存呢？我实在想不到答案。

峡谷的道路，弯弯曲曲，蜿蜒如一条巨大的白龙，腾空于无边的天际。峡谷的山坡上，那盘根错节的古松，那老态龙钟的橡树，还有那葛条、野葡萄、扶芳藤、无娘藤，缠绕于古树之上，垂悬着一绺绺藤须，有的绿着，有的枯萎。时下虽是冬日，站在峡谷某一个点上，仰头环视四周，却是一幅极美的图画。也是奇怪了，大多数山上自然生长的植物，到了冬日，都是萧条的，泛着黄色，可太极峡谷中，四壁上的植物大都是常青的，从近处看，有大叶子的冬青，有松柏，苍劲碧绿，远远望去，一片片绿色，感觉如梦幻一般。山中的鸟儿，偶尔扑棱棱地飞在枝头上，叽叽地叫着，好奇地望着过往的游人。

峡谷十多公里长，步行其中，两旁山崖高耸，怪石嶙峋，忽而狭窄仅可容身，忽而豁然开朗。无论站在哪个地点，放眼望去，都是一幅画。你拾级而上，它曲径回环，高攀低走；你走累了，停下脚步，会发现偶有飞瀑流泉，山鸣谷应，置身其中，如游十里画廊。

山路不算高，眨眼睛工夫，来到山顶。也有一览众山小的感觉。所以说啊，不论是登山，还是在生活中做什么事情，都需要尽力而为，向着既定的目标前进。就像爬山，不历经坎坷，是无法看到美丽的风景的。即使目的地没有你想看的风景，也不必后悔，路途中看到的山水、树木、花草，也一样是风景，是收获。

山顶的玻璃栈道，看起来挺长，有四五百米的样子，把两个山头连接起来。我的同伴们，他们激情澎湃，争先恐后去体验那种高空游走的刺激。有的人恐高，却还想试试，挑战自己，还未走到半道，就吓得大呼小叫。惊悚的尖叫声，让走到对面的人，又回过头来，故意吓唬正在栈道上的人，呼哨声、惊呼声、欢笑声和山谷的回声交织在一起，好不热闹。

俯首望去，峡谷中有一处图画异常醒目。在峡谷中部，开阔处的石壁上，画了一幅偌大的太极八卦图。这图寓意精深，指浩瀚宇宙间的一切事物和现象，都包含着阴和阳，以及表与里的两面。后又为道教所用，道家认为，太极八卦意为神通广大，镇慑邪恶。

峡谷的名字叫太极峡，一个地理意义上的名字而已。本身没有太多的意义，但人们却赋予它很多内涵，以此激发人们的想象。正想着，忽听一声大吼，原来是对面山顶上孤零零地站着一人，对空放声呢。细看，原来是同行的文友鲁钊，在这一群人中，也就只有他了，做人和作文，都爱特立独行，用他自己的话说，就是不爱走寻常路。你看他独自站在山顶，遗世独立的样子，还真有点道骨仙风，完全没了平日俗世里的样子。

超凡脱俗、不食人间烟火的洒脱，总是令人向往，可又有几人能做到。人性的欲望，又有谁能做到视名利和权力如粪土呢？人总是想要得到自己没有的东西，看到自己没看到的风景，一旦失意，又用"得之吾幸，失之吾命"来安慰自己。但心中的欲望之火，却时时在燃烧。可人生就是这样，周而复始，来来回回，从起点又回到终点。

能在寒冷的冬日，看到这幅冬日峡谷图，是件幸福的事儿。我告诉自己，即使冬日容易让人消极、懈怠和慵懒，但生活还在继续，该走的路还是要走下去的。秋虽美好，但难抵自然规律，就是再不舍，终究还是要过去的。

独山看雪

初冬的第一场雪，在不经意间，突然在空中飘飘洒洒。在我的印象中，这是最近几年下得比较大的一场雪。看雪赏雪，堆雪人，在雪的氛围里，人们欢呼雀跃。正想着去独山看雪，独山脚下的玉兄打来电话，说独山上瑞雪纷飞，煞是美丽"冻"人，邀我看雪。

独山来过多次，雪天来独山，还是初次。独山的雪，确实与市区的不同。雪花特别大，仔细一看，是有棱角的那种，呈六角形的薄片状，风轻轻一吹，又像一朵朵蒲公英，落到树枝和草丛中，掷地有声。脚下已积下了厚厚的积雪，走上去吱吱作响。记得小时候，雪下得特别大，那时特别顽皮，总爱在雪地里用自己的脚印走出一个个图形，或者是一朵梅花，抑或是萌萌的小兔子、小狗狗之类，然后很有成就感地喊来小伙伴们观赏。突然就童心萌发，想在雪地上踩出一朵花，或者一只小兔子，可在雪地上踏来踏去，却怎么也踏不出当年的模样，心中不免有点遗憾。

雪越下越大，此时的独山，虽不是千里冰封，也是十里雪飘了，整

052

个山上银装素裹，分外妖娆。独山上种着很多冬青树，也有松树，虽是寒冬，树叶却也青翠欲滴，雪把树枝和树叶都压得低下了头，仿佛是害羞的姑娘。山上一棵古老的银杏树，虽树皮斑驳，老态龙钟，但盘曲的树枝，苍苍劲骨，犹若一幅淡雅的版画。老树的枝杈间，筑着二三喜鹊的巢，古树新家，生机盎然。

"千山鸟飞绝，万径人踪灭。孤舟蓑笠翁，独钓寒江雪。"玉兄吟起了柳宗元的诗。望着古树上的鸟巢，玉兄说："千山鸟飞绝，哪里还有喜鹊？"我对玉兄说："喜鹊是留鸟，前几天还看到鸟儿在飞。"说话间，只听"扑棱棱"飞过几只白头翁，虽不是喜鹊，但我们还是屏住呼吸，眼睛睁得老大，生怕稍有响动，惊飞了可爱的小鸟。只见白头翁落在一丛杂草旁边，爪子陷进了雪地里，但它们用爪子扒拉几下，把雪扒开，然后在草丛中寻觅着。也许，它们是在寻找一粒草籽，或者它们是被美丽的雪景吸引，在寻找一粒晶莹的雪花。

因为看雪景，我们很散漫地在山坡上行走，速度自然比平时慢了许多。也可能是因为大雪挡路，亦是山上的美景惊艳了我们，拖住了我们上山的脚步。飘飘洒洒的雪，漫天飞舞，树枝和草地，被晶莹的白雪覆盖，世界一片纯净洁白。突然间，在白雪覆盖下，竟有几朵不知名的黄色小花，从白雪覆盖的绿叶间探出头来，花有点萎败，但仍不失娇艳，在风中摇曳。在冬天的白雪中，看到顽强的花朵，让我惊讶。皑皑白雪，配上这古灵精怪的小花朵，它让我瞬间回到了春天，我有点恍惚，这是人间还是仙境，是现实还是梦幻？

银装素裹的独山，寒气逼人，少有游人。正走着，听见一阵"叽叽嘎嘎"的欢笑声，树林里突然走出一群美女妖精，色彩艳丽的服饰，为孤寂的山野平添了几抹亮色，增加了几分生气。她们个个搔首弄姿，在雪景中摆出各种姿势，有的拿围巾当道具，有的捧上一捧雪放在身上，更有甚者，脱去了外套，只穿了一件红红的毛衫站在雪中，有一位看上去很专业的摄影师在帮她们拍照。玉兄说，快看，那位穿红毛衫的姑娘多好看。确实，山树亭台，白茫茫的雪地，干净空灵，一袭红衣的仙女，站在皑皑的白雪里，格外出彩。

独山本就不高，不知不觉中到山顶了。一眼往下望去，白色的村庄，白色的树林，白色的楼房，白色的河流，这纯净的世界，让我窒息。站在独山上，居高临下，静静的山谷，一棵棵树上落满了雪花，还真有点"忽如一夜春风来，千树万树梨花开"的韵致。

在一处悬崖转角处，一丛丛低矮的油松，玉树琼花。崖壁上，一棵树孤独地立在那里，像一个人，仿佛依立在崖壁上等我。我突然想，是你吗？难道在雪天，遇见了你的童话。此刻，真想牵着你的手，走到那林海雪原的深处，去搭建一座木屋，然后伐木、种地，养一只狗、一只猫、一群鸡鸭。我突然笑了，赏雪，咋就想到了一段情，一段爱，我不是那种爱幻想的人，为什么突然有这样的想法？也许，雪天让人产生幻想，让你拥有瞬间的梦幻，或者说是梦想。但我想，不管是梦是幻，这一刻，是幸福的。

有雪的山，是空灵的山；有雪的山，是产生幻想的山。独山，我家乡的灵山，因玉而闻名。可谁知，你的雪景，竟然如此美丽。能在初雪时日走上独山，与我而言，是莫大的幸福，真希望，每年的雪，都能如期而至。

九龙沟观瀑

"拔地万里青嶂立，悬空千丈素流分。共看玉女机丝挂，映日还成五色文。"每当读到王安石的这首诗的时候，我仿佛看到了险峻的峭壁，洁白的水流，玉女的丝锦，阳光下的五色花纹。地处平原的我，对高耸的山峰，飞流直下的瀑布，从此心生向往。

一直以来，对美丽瀑布的仰慕，是我心中化不开的情结。

在中国看瀑布，看中国的瀑布，最好是看壶口瀑布。站在气势雄浑的壶口大瀑布下，你会觉得，水不是来自黄河，而是从天上飞下来的，一波又一波，一层又一层，在人们的眼前翻飞，除了水，除了水声，世界是静止的。如果你认为水来自天上，那只是你的幻觉，其实壶口瀑布，是从黄土高原千沟万壑飞来，带着大地的地衣，把水染成华夏的肤色。壶口的水，是真正中国黄，中国的颜色。

黄果树瀑布，也是中国最美的瀑布。黄果树瀑布，应该是中国最古老的瀑布，发源于 50 万年前，形成于白水河时期，已有 5 万年的历史。徐霞客描写黄果树瀑布："透陇隙南顾，则路左一溪悬捣，万练飞空，溪上石如莲叶下覆，中剜三门，水由叶上漫顶而下，如鲛绡万幅，横罩门外，直下者不可以丈数计，捣珠崩玉，飞沫反涌，如烟雾腾空，势甚雄厉；所谓'珠帘钩不卷，飞练挂遥峰'，俱不足以拟其壮也。"因此，黄果树的宽阔宏敞，是任何瀑布无法可比的。

如果看瀑布群，我个人认为，南召九龙沟瀑布群，应该是最佳的选择。九龙沟瀑布群自石人山南麓顺谷而下，行至龙潭沟，因山势险峻，在5公里的河床上，形成飞龙瀑、悬龙瀑、彩龙瀑、龙凤瀑、四连瀑等十余个落差较大的瀑布，最大的130余米，最小的10余米，一瀑一潭，潭瀑相映。是目前我国发现的规模最大、布局最集中的瀑布群，堪称中原第一大瀑布群。

九龙沟瀑布群溪水淙淙，清澈透明，缓缓而流，每遇断崖，溪水一改温柔情态，飞流直下，形成喷珠溅玉的瀑布，向潭中扑去，其声恢宏，数里可闻。大大小小的瀑布，若腾空的巨龙，扭动着身躯，携风裹雨，从空中飘然而下。把身躯化为梨花，化为飞雪，化为大朵大朵的山花，奔跑着、摇动着，飞落到距潭数丈处。一部分化为玉屑、水雾，飘飘洒洒弥漫于谷间，在碧翠的苔藓间遗落、流淌，再汇合成涓涓细流，形成玉帘，滑落潭中，默然无声。而另一部分则像一双素手握成玉拳，不断地向潭中"咚咚"砸去，潭中碧水横飞，形成浓重水汽，在潭面疾行。若有太阳照射，潭面五彩翻滚，云蒸霞蔚，别有一番情致。

来九龙沟瀑布群，这是第二次。去年春天来过一次，但春天水流小，无缘一睹瀑布的壮观。刚下车，我按捺不住心中的激动，就迈开匆匆的脚步，走进了通往瀑布的山径小路。温婉的小桥、脚下的青石台阶、路边形似枯木的栅栏和桥下涓涓流水……眼中的九龙瀑布，好像和我恍若隔世，又好似梦中已来过千次万次。抬头看，顺着山谷两面耸立着一座座山头，虽说不上奇险，却显格外厚重，时逢八月，大山穿上一件翠绿的衣衫，格外养眼。大山终究是大山，任凭岁月蹉跎，他始终屹立在那里。

"九龙迎宾"四个大字苍劲有力，镶刻于山口一块巨石之上。像是位慈祥的老者，微笑着欢迎来来往往的游客。路边勤劳的老乡摘了成筐的猕猴桃和野葡萄叫卖，用于贴补生计。还有山里的兰花，也被寻觅了来，虽然兰花未开，似乎也闻到了兰花的幽香。这里的一切，于我，是那么的亲切，让我一见钟情。

进入九龙沟瀑布群，到处"银练当空，水声绕耳"。每到一处瀑布，远远地便能听到阵阵惊涛拍岸似的雷鸣，犹如激昂奔放的音乐，无法听到其他声音，似乎时间把声音凝固，使人进入了庄严的肃穆之中。望着这广阔、高耸、雄伟、壮丽的水流，不能不使人体验到一种令人屏息、令人惊诧的心情。

走着走着，眼前就出现一道飞瀑。远远地向瀑布望去，只见瀑布像一幅白色轻纱，被人遗忘在山上，给山谷增添了许多魅力。上游的水源源不断地冲下山，像冲锋陷阵的勇士一般义无反顾。潭下面靠近瀑布的水不断被冲击着，溅起数不尽的水花，奔腾着，欢悦着。而远一点的水幽绿幽绿，绿得自然，绿得透亮，不时水波荡漾。遗憾的是，那天天空阴云密布，有山雨欲来之势，看不见王安石笔下的"映日还成五色文"的盛况。

走近瀑布，水珠凝于雾，把像长龙一样的人群给包围了。薄薄的雾给人们带来了欢乐，人人都像在腾云驾雾，仿佛置身仙境一般，陶醉在凉爽和惬意之中。而瀑布也被雾气围着，显得更加朦胧和神秘了。

一路上，山溪"哗啦啦……哗啦啦……"唱着歌。我们随着欢快的歌声，走过了二重瀑，往三重瀑走山路比较陡峭，台阶不断增高，小路也明显变窄，走起来也越来越吃力。山道旁的栅栏，看似枯木做成，实际是钢筋混凝土材质，能把水泥做得如此逼真，也算是心思奇巧。爬山格外地累，额头冒出了细小的汗珠，两条腿像灌了铅。整日坐在办公室的我，严重缺乏室外运动，但为了心中的那份希冀，我压了一下怦怦乱跳的心脏，继续向上走去。

翻过陡峰，拐过一道弯，眼前豁然开朗，走入一架长桥之上，第三重瀑布，便在眼前，耳中听到一阵轰响，瀑布像一列火车向下飞驰，冲入潭中，响声更加震耳，相比一、二重瀑布，这里显然更有激情。

我伸手去摸那"珍珠的屏"，她毫不客气地击打我的手臂。水珠大的如珍珠，晶莹透亮，欢蹦跳跃；小的细如烟尘，弥漫于空气之中，成了蒙蒙水雾。微风一吹，一阵阵透心的凉气迎面扑来，驱走了身上的热汗和疲劳，换来了一身凉爽。

潭很开阔，像极了一位海纳百川的智者，任凭呼啸的瀑布如何咆哮，一旦入潭，便如脱胎换骨一般，只是泛起层层涟漪。潭究竟有多深，我也无从考究，只是潭水很绿，是那种深深的绿。突然，刮起风，我们一起身，顿时感觉清凉了许多，原来是瀑布经水一吹，扬起无数水珠，吹了我们一身！在轰隆隆作响的潭边，我情不自禁地抬起脚，伸进水中，一股清爽的凉迅速传遍全身，令人心旷神怡！

山路越来越险峻，每走一步，感觉心都要跳出来，畏难的情绪陡升。有几次，我停下了脚步，犹豫不决。但是，前面美丽的瀑布，似乎在向我招手，一种无形的力量，促使着我，迈开了脚步。

漫步在九龙沟瀑布群，峡谷两边，松石竞奇，葱郁的树木，如一柄柄巨伞，摇曳多姿；嶙峋的怪石，神态各异，令人遐想联翩；丛丛灌木，绽放出簇簇野花，吐出阵阵清香。而每一处碧潭，烟波渺渺，白花花、雾蒙蒙的，无法看清潭中景色，映入眼帘的是一片片花海，灿烂的水花和着潭边的簇簇野花摇曳着、跳跃着。

夕阳西下，我们沿着弯弯曲曲的山径缓缓而归，龙潭瀑布渐渐被甩在身后。然而，那激昂奔放的音乐却依然在耳边回响，似有一种神奇的力量吸引着我，我不禁回过头去，灿烂的夕阳下，那瀑布犹如一条白幔和彩练，白幔在抖动，彩练在飞舞，我想，这是一条若隐若现、若明若暗的美丽彩虹，这是大自然自豪的微笑。

独山寻玉记

朋友来南阳，办完事，想看看南阳的山水。选了几个去处，都不满意。朋友说：南阳独山，是中国名玉独山玉的产地，去独山吧！既能看风景，又能捡块石头，如果能捡块独玉，那是再好不过的。适逢周末，就邀了三五好友，陪朋友爬独山。

独山，山不高，四五百米，如果没有树，山就是一个大土包；独山，也不险峻，没有林立的怪石，也没有陡峭的山崖。但独山是省级森林公园，国家矿山公园和旅游风景区。独山植物资源丰富，漫山遍野都是树。远远看去，山是一片浓密的森林，是一片耀眼的绿。山上的树，以麻栎为主，还有松、柏、女贞、栾树、合欢等树种；另有侧柏、火炬松、雪松纯林和毛峰茶园数百亩。

独山的名气，不在于树，不在于独，也不在于什么级别的森林公园。独山出名，在于玉。那玉，像独山一样独，这独，是独一无二。在中国，独玉只出在南阳，出在这座孤独的山上。独山玉之美，美在一石多色，可与缅甸翡翠、和田玉、岫玉、绿松石相媲美。张衡在《南都赋》中曾这样描绘独玉："其利珍怪，则金彩玉璞，隋珠夜光。"

如此绝世珍品，也难怪朋友那么地期待，想一睹独山之美，想一睹独山美玉，哪怕是捡一块带玉的石头。是的，独山玉之美名，早已名扬天下，相传战国时卞和所持有的和氏璧，就是古人用独山玉雕琢而成的。这样的山，不去看看，的确是一件憾事。

走进独山，一簇一簇的绿，映入眼帘。那绿，如婴儿肌肤般的鲜嫩，仿佛叶内盈满了水。树下，长满了灌木丛，还有花草。走着走着，就看到一株丹参；走着走着，又看到一簇簇金银花；再走，又看到了山药。那么多的中草药，就长在山上。动物也不少，但只看到了蛇，扭着身子，出溜溜钻进石缝里，吓得我们身子一抖。听说山上还有野兔、狐狸、刺猬，但无缘一见。鸟很多，树麻雀、喜鹊、杜鹃、锦鸡、啄木鸟蹲在树上，"叽叽喳喳"地叫，叫得山也变得灵动起来。

三位新友，一位姓白，黑龙江人，小五十岁的样子，成熟稳健。在他身上，依稀能看到东北人影子，总能听到他爽朗的笑声，但与荧屏上东北男人的粗犷还是有些不同，给人一种厚重的感觉。一位姓胡，来自浙江，南北确有差距，他很健谈，喝酒到高兴的时候，像位相声演员，善于幽默搞怪。还有位小龙，是吉林的，高高的个头，帅帅的样子，更乐意称他为帅哥。他给人的印象倒有点上海男人的小情调和小细腻。帅哥龙因临时有事，没能参加今天的活动。

我们一行七人，加上向导玉器店老板，组成八人的寻找独玉团队。上山的气氛很热烈，根本没有初识的陌生，倒像是阔别多年的老友相见。大家谈论着两地文化习俗的差异，谈论着相识的喜悦之情，更多的是谈论着独山的玉。白兄时不时学两句南阳方言，惹得大家哈哈大笑。

独山玉玉质坚韧微密，细腻柔润，色泽斑驳陆离，温润。色彩有绿、蓝、黄、紫、红、白六种色素，是工艺美术雕件的重要玉石原料，用独山玉雕刻的玉石作品，很受玉石收藏爱好者的青睐。最著名的独山玉雕

《九龙晷》，就是其中精品之一。《九龙晷》中的九条龙，从龙首到龙尾，有黑色、绿色、墨绿色等色彩自然形成。九条龙翻江倒海，栩栩如生。1999年澳门回归祖国时，河南省人民政府作为礼品赠送给澳门特别行政区，现存放于澳门。

在独山行走，到处可以看到开采玉石的洞口。是的，独山玉经历数千年的开采，山中已洞穴累累。古代采玉坑多为竖井式，矿洞较浅。现在运用新的爆破技术及凿岩机、矿车等器械，坑道已深至山中达数百米，密如蛛网的支道纵横交错，十分复杂。我们走到采矿口，大量废弃的石头堆积在那里，向导告诉我们，如今好的独玉料子很难挖到，采矿难度和成本极大。这些废弃的石料只能作为建筑材料使用了。众人在一堆石料中反复翻看，却没有找到自己中意的石块，只能望石兴叹，继续爬山。

在山半腰处，看到一处废弃的玉石开采洞口，上面堆满了石块，我们又开始翻拣，希望能有意外惊喜。来自黑龙江的白兄突然一声惊叫，手里举着一块石头，满脸堆笑，说捡到了一块好石头。几个人围上去看，墨绿色的石块上，有小片小片的玉嵌在其中。但玉器店老板看了，摇了摇头说：“虽然有点玉，但玉质不好。如果回去做个摆件，也不是不可。”白兄说：“能捡到带点独玉的石头，也不虚此行。这石头，我要了，做个纪念吧！”

走到山顶，每个人的手中，或多或少地拿着一块石头。有的鸡蛋大，有的拳头大，还有的馒头大。最大的是白兄的那块，有六七斤重。他抱着石头，累得气喘吁吁，仍舍不得丢弃。

站在山顶往下看，山下村庄点点，或隐或现。微风吹过，松香阵阵。此时，艳阳当空，山下的白河，宛如一条白龙，盘绕在南阳盆地；再看，又如一条白色的玉带，随风飘荡。置身于大自然的怀抱中，呼吸着清新的空气，有一种误入仙境，超凡脱俗的感觉。

夕阳西下，我们开始下山，来时只顾着捡石头，忽略了美丽的风景。

此刻，走在山中，满眼的绿色，夹杂着许多不知名的小花，非常美丽。这些小花，它们是属于自然的，相比牡丹芍药，它们显得微不足道。但是，无论你看或者不看，它们就在那里，用顽强的生命力，迎接着自然的洗礼。人们都爱花，却又忍不住想去采摘，白兄说：既然喜欢它，就别去打扰它。是啊，喜欢它，就守候它，不要伤害和打扰它。

其实，我们需要爱护的不仅是花草，还有山上的树，山上的鸟、野兔、狐狸、刺猬，还有藏在地下的玉。只要它们在，山就在，美丽就在。这颗镶嵌在中原大地上的明珠，就会以持久的生命力，绽放出灿烂耀眼的光辉。

在西北，生命在萌芽

冬天的大西北，格外苍凉。沿铁路，两边的山，很难看到一丝绿意。从西安到固原，山上除了枯萎的草，几乎没有树，陕西境内，还有一些低矮的枝杈挂着枯叶的小树，在风中摇摆。常绿的乔木，是看不到的。

没有绿色，空旷的原野，让人感到寂寞和压抑，这样的心境，一直伴着我。急切地渴望看到一片松树，或者是柏树，哪怕是铁路边的一两棵风景树。可我总是失望，越走山越秃，越走越荒凉。

过了平凉，进入固原，更是寂寥。不要说树，就是草，也不多见。山是光秃秃的山，像没有头发的老人，佝偻着腰，喘着粗气。绵延的山，看不到石头，似是黄沙堆积，看上去就是像沙漠里的沙丘。

沿途很少看到村庄。山脚下，零落地矗着几座破败的房子，那样子，像是有好多年没有住人。山野里，没有耕地的牛，也没有白的羊群，甚至看不到一只鸟。想想也是，连草都没有的山，哪来的牛羊？没有树，又何来鸟？山就是一座死山，没有生命的迹象。

我对面的男人，四十多岁，古铜色的脸，布满沧桑，与他的年龄极不相称。他寡言，自从坐到我的对面，几乎没有说过话，一脸没有表情，十分冷漠。他是从平凉过来的，就坐在这节车厢，与我隔了几个铺位，原来坐在我对面的乘客下车后，他嫌那里的人吵，来到这里。他过来后，只说过一句话："这里有人没有？"我对他说："没有人坐，刚刚下车了。"他说："没人坐，我坐两站，那边太吵了，心烦。"然后就坐在我的对面，再也没有说话。

因为他的冷漠，我没有跟他说话。看到光秃秃的山，总想与他搭搭话，问问这里的山为什么不长树。看他沉默寡言，就把快要出口的话咽到肚子里。车缓慢地行驶，空气似乎凝固。终于，忍不住问了："大哥，这里的山叫什么名？为什么不长树？"

他看了我一眼："黄土塬。我记事以来，山上就没有树。"

"怎么连草也不长呢？夏天也不长草吗？"也许，夏天是有草的，也有灌木丛，但在寒冬的季节，灌木和草枯萎了，我没看到。看他没有说话，我就没有再问。

他没有回答我。停了一会儿却说："这里原来是有树的，满山都是，一眼望不到边的绿树，野兽出没，鸟儿成群。人们在这里耕种、纺织，日子说不上富足，但也不愁吃穿。"

"后来呢，后来怎么变成现在这个样子？"

"很久以前，山上长满了树，还有青青的草……"

我知道，一个美丽的神话传说，将从这个古铜色脸膛的汉子的讲述中开始。这个看似沉默寡言的人，竟然要给我讲故事，这是我没有想到的。

"这座美丽的山，是一个大财主的。大财主有一个美丽的女儿，貌若天仙，是财主的掌上明珠。大财主希望女儿能够嫁个有钱有势的人家。可他的女儿，偏偏爱上了他家的放牛的长工。大财主知道后，把女儿锁在屋内，将放牛的长工赶出家门……"

古铜色脸膛的汉子说着突然停了下来，看了我一眼。我知道，他是在看我，是不是在认真倾听他的叙述。看到我很好奇，就接着说了下去。

"那个长工失去了心爱的女人，心有不甘，为了表达自己的真情，坐在后山的一棵树下，吹着笛子向姑娘倾诉自己的痴情，以此来感动财主，答应自己与女儿的婚事。可财主不为所动，长工吹了七天七夜，最后口吐鲜血，气绝身亡。"

古铜色脸膛汉子说到这里，停下来问我："你知道黄土塬为什么都是细碎的红沙吗？你知道为什么这山变成了光秃秃的山吗？"

我摇摇头。

古铜色脸膛的汉子笑笑说："那个长工死后，变成了一只火鸟，飞落之处，火焰乱舞，把财主的一座大山烧成了光秃秃的山。从此，这座山就寸草不生。那火把天空都烧红了，山上的沙土被烧成了褐红色。人们就把这里的山叫作红沙山，也叫黄土塬、红土塬。"

古铜色脸膛的汉子说完，叹了一口气说："你现在知道了吧？为什么山上没有树？不过，以后会有的，山总不会就这样永远秃下去吧！"

车过了一站，中年汉子站起来，对我笑笑说："姑娘，其实这里的黄土塬是有树的，也长草。你看到没有长树的山，这地方有几座。但长树的山更多，风景很美，有时间你来看看。那些没有树的山，等你再来时，可能一道道黄土塬就长满了树。"

他向我招招手，笑笑说："姑娘，再见！"

他说这我相信，不要说山，就是沙漠，不也种上了树。国家不正在开发大西北吗？开发大西北，不是单单修几条铁路、公路，也不是单纯的城市建设，生态建设已列入了开发计划。树会种上的，鸟会飞来的。还有那些兽们，也会沿着曾经走过的路，再转过身，回到它们曾经生活过的地方。

听说新疆、内蒙等地，在沙漠上种上了千万亩的绿树。未来，这里的山，一定会变成绿色的森林，苍凉的大西北，一定会绿树成荫。

没有生命栖息的山，并不代表山就是死的。生命的传奇，每天都在发生。树是有生命的，只要有生命，就会扎根。

但愿，再次踏上这片土地，会看到满眼的绿色。

七峰山春韵

我一直认为，春天是最美的时节。彼时，脱下厚衣长衫，如同卸下心里的枷锁，心情也变得格外愉悦。

这确实是个好季节，叶正绿花正艳，天蓝蓝阳光正暖，飞鸟成群鸣声一片。这样的时光，是需要享受的。出游，是最好的选择。经不住诱惑，就约朋友去了七峰山。

七峰山位于方城县北侧，离市区并不远。一个多小时的车程，我们便站在了七峰山的山脚下。进得山门，甚是开阔。广场的一侧，停放一排绿色的观光车，那种绿色让人一看，就好生喜欢。于是，我与同伴就不约而同选择乘车上山。

乘车自有乘车的好处，没有气喘吁吁和汗流浃背，就登上七峰山的山顶。站在山顶，凉风习习，此时，你就体会杜甫老先生名句"会当凌绝顶，一览众山小"的快意。于我来说，这样登山，是惬意的，坐在游览车上，在凉风的吹拂下，慢慢地欣赏这沿途的风景。那些绿树，那些花草，那些鸟影，从我们的眼前掠过，既能欣赏美丽的风景，又减少了爬山时的劳累。

山顶上长长的玻璃栈道，是一定要走的。记得去年七峰山玻璃栈道初修好时，引起很大轰动。为达到宣传效果，网上流传着很多视频，有的游客走玻璃栈道时，吓得哭爹喊娘；有的游客双腿打颤，战战兢兢，不敢前行；还有的游客浑身发抖，在玻璃栈道上爬行。各种恐怖的表情，极具夸张效果，吸引着游客们争先恐后前来体验。

七峰山玻璃栈道修成后，许多景区也开始跟风修玻璃栈道。好像一个景区，没有一架玻璃栈道，就不是一个完整的景区。其实，何止修玻璃栈道是这样，其它行业，又何尝不是这样？但凡出现了一个新鲜事物，略受好评，立马克隆版就出来了，而且模仿得千奇百怪，闹成笑话的也屡见不鲜。

走上玻璃栈道，一步一步往前走，想象中的那种恐惧的情景，似乎很快就要来临，心不免就揪了起来。就这样走着走着，不经意间，就走到桥中间了，却没有出现恐怖的情景。哈哈，原来看似柔弱的我，竟然还是个女汉子呢，心中不免有点得意。其实，怕与不怕，在于心。心怕了人就怕，胆子就小。说白了，也就是自己吓自己。

站在桥的中间，有一瞬间眩晕的感觉，望着虚幻缥缈的山谷，恍然间如同进入仙境一般。可瞬间我又清醒了。我知道，我之所以眩晕，是因为或多或少有一点惧怕心理，横跨山涧的玻璃栈道，给人一种悬在半空的感觉，总觉得没有安全感。走一次栈道，并不容易，我扶紧桥栏杆，定了定神，仔细地浏览着眼睛所能及的地方，想把这种虚无缥缈的景致，装入心中。

一蹦一跳地走出玻璃栈道，眼前出现一个瀑布。瀑布的后面，有两棵大树把守，只容得一个人侧身而过的小阶梯。原来，这就是下山的路。移步石阶，脚下生风。此刻，正值人间四月天，树木吐绿，花儿争艳，蝶儿蜂儿嘤嘤嗡嗡。"人间四月芳菲尽，山寺桃花始盛开。"大抵就是这样的情景吧。前两天看冯小刚的电影《芳华》，讲的是文工团时期，一群年轻的男女士兵，在正值芳华的年龄，发生的一些故事。各自因性格和对人生的选择不同，而有不同的命运。也勾起了我对自己青春年少岁月的回忆。

记得那是初参加工作的时候，趁着休班，我们五六七人，约着来七峰山爬山。也如《芳华》中刘峰、何小萍般的妙龄，男男女女，怀揣着对爱情的向往，把青涩和感情萌芽丢在这座大山里。那时的道路，还是崎岖泥泞的，我们倒了几次班车，才到达目的地。费了九牛二虎之力，爬到山顶，大家不顾形象地乱躺了一地，嘻嘻哈哈地开着玩笑。那时的岁月哟，单纯、快乐。后来，我们中的所有人，都玩儿成了兄弟姐妹，并没有一对，成为真正的恋人。

走在台阶上，旁边有一条小溪，伴随着山路，欢快地流向山下。随着溪水流淌着的，还有我的快乐。山，若无水相伴，再美的风景，都没有灵气。就犹如一个美人，脸蛋长得再美，但胸无点墨，粗俗不堪，也只能是花瓶一个。

叮叮咚咚的溪水里，装的是小鱼小虾的梦，装的是水草莲藕的梦，装的也是我的梦。喜欢小溪的清澈见底，一览无余，连河底的泥沙都看得清清楚楚。可人们总说：水至清则无鱼。果然呢，清澈见底的地方，没有发现鱼儿在游。也许，鱼的世界里，也如人的世界一样，总有一些鱼性的弱点，需要一些浑浊的东西遮挡。

在山中，我发现了一种树，开着淡紫色的花儿，弥漫着淡淡的芳香。那紫色，是我心中的紫。从小我就喜欢紫色，后来慢慢长大了，随着知识的增加才知道，紫色代表神秘、浪漫。就更好奇了，无来由地喜欢。但是却从来不曾穿过紫色的衣服。我想，这样的紫色，我只能欣赏而不能拥有吧！

听同伴说，这种树叫荆子树。说是树，其实也就是灌木，一簇簇，一丛丛，遍布于七峰山的每个角落。七峰山盛产荆花蜜，据说就是蜜蜂采了这些荆花的花粉，酿出的蜜。时值荆花开放，不时有勤劳的小蜜蜂，流连于花丛中。我在想，蜜蜂该是来来回回地跑多少趟，才能酿出那么一点点的蜜。可是它们乐此不疲，一直那么忙碌，这就是蜜蜂们的使命吧。就如人一样，生来就是劳累的。一个人，如果整日不干活，人们会说，看，这个人是二流子，整天不干活。

七峰山，并不陡峭，主峰七八百米的样子。顺着台阶绕行下山，一点也不觉得累。山上的石头特别多，而且形状好看。路边随意放置着好多石头，乍一看，像是景观，仔细看，又像是原生态，与自然特别融合。小溪里，更是一个接一个的石头，椭圆的、方形的、尖尖的、菱形的，置身于小溪中。有调皮的孩子，从这一个石头，蹦到那一个石头，蹦来蹦去的，像小猴子一样。

石头，还有一个好处，就是过往的行人，走得累了，就坐上歇歇脚。彼时，石头的使命就发生了变化。本来是一处风景，供人欣赏的，在被人们欣赏之余，供游人小憩，形成了人与石的完美融合。石头何其幸，游人何其幸，不是三生石，却有不解缘。

美丽的山水，令人愉悦。愉悦的时光，总觉是短暂的。不觉间，已走完下山的路。虽恋恋不舍，却也知道，该道一声别了。回忆两登七峰山的过程，年少的一次，已经无甚特别的记忆，那时的青春、冲动、理想，都交付了生活。反倒是这次，走得轻松惬意。寄情于山水，收获一个好心情，此一游，足矣。

二龙山，一幅凝重的水墨丹青

  对于山水，人们总是心生向往。这种向往，是一种对尘世的厌倦。沉重的工作，繁杂的家务，喧嚣的闹市声，让人们处于极度的疲惫状态。寻找一片安静的栖息地，让身心放松，让灵魂有所寄托，是无奈的选择。

  总是说：来一次说走就走的旅行。可面对生活，谁又能如此洒脱？在物欲横流的世界里，生存的艰难时时困惑，何以宁静淡泊？总是说：带着情人去旅游。谁又能做得到？也许，孤独的灵魂可以安放，但俗世的闲言，柔弱的肩膀何以承担？因此，走进山水，放飞心灵，与我而言，只是一种奢望。

  热爱大自然，热爱山水林木，热爱花草虫鱼，是人们的天性。我也一样，总是渴望能融入到大自然中，感受大自然的美好，洗去铅华，在大自然中，完成身心的蜕变。

  连日的凡俗琐事，叫我不胜其烦。挣扎着，想逃离，可又能逃到哪儿呢？那天我在开车上班的路上，忽然有了一个念头吓我自己一跳：我竟然想生一场病，住进医院，那样的话，我就能好好歇歇了……

终于，在一个多雾的日子，我应友人之约，驱车二龙山。拖着一身疲惫，走进了山水，走进了花草，走进了鸟语。山水如此灵秀和清幽，让我惊奇。内乡藏着这样一座灵山，我却浑然不知，可见我是多么的孤陋寡闻。

大自然是美妙的。山溪潺潺，鸟语花香，野草葳蕤，峰峦叠嶂，秋菊似锦，绿树掩映，这些词语，都是对山水的赞美。山与水，花与鸟，树与草，是大自然赋予人类的精灵。多彩的山河，哺育出多姿的山水文化。人们对自然的热爱，缘于对山水的热爱。

自古以来，文人骚客对山水的崇拜，是从笔端流露出来的。从古代李白、杜甫、王维、杜牧等诗人的山水诗，到郦道元的《水经注》、马第伯的《封禅仪记》、徐霞客的《徐霞客游记》，给山水诗歌和散文注入了丰厚的文化元素。

二龙山是静谧的，在山中行走，似乎能感觉到秋叶落地的声音。没有灰尘的打扰，空气也异常活泼。花草格外水灵，偶尔几声虫鸣，格外地悦耳。

淡淡的雾，在山中弥漫，我们沿着崎岖的山径，向山上走去。走着走着，雾就变成了雨，雾一团一团地飘，雨一丝一丝地下，在雨雾中游二龙山，倒添了一份情趣。因为雾的缘故，山看上去有点矮，少了一些陡峭。转过一个山峰，看到一挂石壁，高耸入云天，壁上光溜溜的，偶有一丛丛野菊，一簇簇灌丛，徒添点缀。而石壁之上，长满了树，还有不知名的杂树，一棵连一棵，一片接一片，虽是初秋，但依然绿叶苍翠，遮天蔽日，十分壮阔。

突然就萌生一种想法，在这里盖两间茅屋，开二亩地，种瓜种豆；再养一群鸡，三五只鹅鸭，一头猪两只羊，忙时种种地，闲时看看书，该是一件多么惬意的事情啊！

人大抵都是这个样子。长久居住于城市中，便想拼了命一样，逃离城市。最近几年，便有不少城里人，去乡下租种几亩田地，或种上林果，或盖上几间简单的小房子。小房子内必然是设施齐全，喝茶的、打牌的、吃饭的，一应设施齐全。趁闲暇时间或周末约上三五好友，去赏一番野趣，当一回农家翁。城里人有了这样的小院子，也似乎是一种身份的象征。

可在我的农村的家乡，村子里的叔伯们，辛苦勤劳一辈子，省吃俭用攒下的钱，还不够在城市里给孩子买套房子。可他们宁愿东拼西凑，甚至去银行贷款，也要在城市买房，即使自己这一辈进不了城市，孩子们这辈也非得进城居住。乡村人能在城市有套房子，是值得在乡邻面前炫耀的资本。

人啊，有时候真是奇怪，总会产生一些不着边际的想法。说实话，如果让我长久地居住在二龙山，不知道会不会厌烦。管它呢，我只知道现在我是真切的喜欢。于是我就伸开双臂，热烈地拥抱她。只想眼光掠过她的每一个高地，双脚踏遍她的每一寸土地，双手抚摸她的每一寸肌肤。

我最爱的：是这里的青山绿树、是这里清新的空气、是这里青碧的溪水、是这里众多鸟们鲜活的鸣叫。走得太累，于是一行人就乘坐缆车，晃晃悠悠地上山。坐在缆车上看山下的树木花草，一点点地变小，一点点地模糊。山间的迷雾多了起来，恍惚间，我竟然忘记自己身处何地。此刻，眼前只有窗外的美景，面对陡峭的山峰，倒也没觉得恐惧，晃悠了三十多分钟，到达了山顶。

山顶上，引人注目的是树。可能是因为阳光照射充分的缘故，树长得粗壮、浓郁、苍翠，树冠硕大，如一柄柄巨伞，站在树下，竟不沾丝雨。我对树，有一种与生俱来的爱，每次看树，总有看不够的感觉。我喜欢树，是因为树的伟岸挺拔、树的葱郁苍翠、树的勃勃生机，是树的叶片散发出的特有的清香。我常常站在树林里，站在树下，听树叶簌簌的声音，我觉得，那是我与树无言的交谈。我甚至觉得，每一枚树叶，都是一双晶亮的眼睛，注视着我，洞察着我的内心世界。我认为树是智者，面对世事变迁，面对沧海桑田，面对人世纷争，沉默不语。因为，无声胜有声。

我信步走上山顶，在山顶的最高处，有一个寺院，寺院后面有个天台，我站在天台上，不经意间，我欣赏到了不可多见的美景。蒙蒙细雨中，整个山谷白雾弥漫，如梦如幻，美得叫人心醉。在美景面前，游客止步不前，恨不得将美景尽收眼底，烙在心间。

此刻，弥漫的雾，似乳白色的薄纱，似梦似幻，似真似虚，如诗如画。有的呈丝状，有的呈缕状，有的呈团状，有的速度徐缓，有的速度轻快，向我袭来。天地间笼罩在白雾中，近处的树木花草，远处的山峦溪瀑，在浓雾中时隐时现。它们幻化成千奇百怪的形状和颜色，一会从山谷中袅袅升起，一会又像帷幕悬挂，在天空中飘荡，一会又静止不前，凝固在天空、山谷中，变化于无形。雾在山中游动，像画家彩笔，画一道是树，点一点是花，扭一下笔是溪流，把大山瞬间变成了一幅丹青。

其实，一个景点，是不需要修饰的，大自然的鬼斧神刀，远比人文景观更具文化特质。美的景点，不在于修点玻璃栈道，也不在于建一座寺庙。弄一些不痛不痒的文化，就想让人记住，似乎是一厢情愿。就像时下流行的克隆美女一样，经过医学的加工，乍一看，怪美，可看过之后呢，又觉得都差不多，没什么特点，时间一久，就没什么印象了。可二龙山上的美景，却给我留下很深的印记，回去后，有朋友问我：二龙山怎么样啊？我回答说：挺不错的，环境幽静，空气也好，一定要坐索道上山，还能看到惊喜的美景呢。

在寺院转了一圈，感觉山中的寺院，大同小异，没多大意思。便下了山，在山下的小镇子上逛游。小镇子上建的亭台楼阁，有江南小镇风情，走着倒也惬意。我们几人随意逛着，随意地说笑，一点也不觉得疲乏。有人建议：我们到处去看看，权当是散步锻炼了。这个提议得到一致的拥护。

同行的苗先生，是个风趣、说话幽默的人。据说他写诗，我努力地把眼前的苗先生和心目中诗人的形象联系起来，可总是觉得联系不上。我也不知道诗人应该是什么样子的，但总觉得不像是苗先生这样的。苗先生一路把我们随行五人照顾得很好，吃饭住宿安排得贴心妥当。一路上还听闻许多苗先生的新闻逸事：据说苗先生有一个当警长的夫人，平时上岗都是带着真枪的，手下还管着几十号警员，这样的夫人也够厉害的。可偏偏在这位苗先生面前，温柔娴淑，小女子之态尽显。苗先生有时候喝醉了酒，大声呵斥或提出各种要求，夫人毫不计较必然遵从。这令同行的高均老师极为羡慕，一直偷偷追问苗先生，有何驭妻妙术。苗先生却只是笑而不语。

晚上我们宿在二龙山宾馆，宾馆就在山脚下，布置得整洁干净。房间的后窗打开，离山不远。碧娟说：我们在二龙山住上一晚，让山里的灵气清洗我们凡俗的浊气，等回去的时候，又是清清净净的自己了。

时间真的过得很快，离开二龙山时，我站在一丛野菊边，居然有一种不愿离去的感觉。脑子里装满了二龙山的雾，装满了二龙山的树，装满了二龙山的溪瀑。还有那些拥挤的人流，惊慌的野兔，婉转的鸟鸣。坐到车上，心中依然有一丝不舍，甚至有一丝伤感。我在心里发誓，二龙山，我一定还会回来，带着我的爱，带着我的情，带着我的承诺，赴一次更加完美的约会。

怡情石柱山

钟情于山水，似乎是与生俱来的。虽然我没有生活在青山绿水间，但流淌的血液里，却对山水有着一份特别的眷恋。面对大江南北壮美的山河，总有一种绵绵的情怀，无法割舍；总想融入到山水间，享受大自然的爱抚。

那些画面清晰的绿水青山，时常在梦里出现；那些跳跃在眉宇的希冀，总能生长出远方和诗；那些走遍美丽山水的夙愿，总是一次次在心中放飞。终于，在2018年的春天，家乡南阳的石柱山，在我的眼前，渐渐清晰起来。坐落在冯友兰先生家乡唐河县祁仪镇的石柱山，吸引着我，一步一步把我带进了一个充满故事的世外桃源。

我们是从南阳出发到唐河，经过县城一路向南，路过冯友兰先生的家乡祁仪镇。走了一段乡间小路，地势开始陡峭起来。沿着蜿蜒的山路，缓缓而行，转过一个大弯，过一条河，车队被带入一个停车场。

站在山脚下的停车场，我知道，眼前的大山，就是石柱山，心中禁不住一阵惊喜。看了一眼长满绿树的巍峨大山，一种"蓦然回首，那人却在灯火阑珊处"的感觉，油然而生。时值初夏，当时已经上午十点多，烈日当空，我们一行人却兴致勃勃，走进石柱山，去拥抱它、感受它。

山门是一个类似于牌坊的建筑，石柱山几个大字刻在上面，苍劲有力。进得山门，俯视前方，眼界顿时开阔，郁郁葱葱的山坡尽收眼底。一个大水库，被一望无际的绿色众星捧月般围在中间，从远处看，水面明晃晃的，像一面镜子。

据资料记载，石柱山并不高，位于唐河祁仪境内，处在桐柏山系余脉，其山体东西走向，长三公里，宽二公里，海拔576米，这在一马平川的唐河，显得格外巍峨壮观。唐河旧县志记载："石柱上有铁环，大禹治水系舟于此"。相传南阳盆地原来是汪洋一片，禹王曾在石柱山与水妖大战，最后取得治水成功。

还有另一种记载：清代时，唐河地方豪族为避捻军，在山上筑寨而居，躲过了祸患。这些历史的记载，足以见证石柱山是座福山，庇佑当地的百姓。怀着敬畏的心，我们一行人登上这座山脉。

石柱山不算高，也不算险，没有北方大山的险峻，也没有南方山水的隽秀。但是，石柱山是清新的，是生动的。它的清新、生动，来自满眼的绿色。站在石柱山，放眼群峰，漫山遍野的各种植物群落，组成了一道道绿色屏障。层层叠叠、铺天盖地的绿，鲜活晶莹，青翠欲滴。那绿色，在远处，也在眼前，一片又一片，在眼前晃动，感觉中，伸一下手，就可以把绿色揽进怀中。

我喜欢绿色，相信所有的人都喜欢绿色。绿色是生命的勃发，是生命的律动，是生命的颜色，是大自然赋予这片土地上最美的风景。在我看来，一处风景，最美的不是山的险峻，也不是水的奔腾，而是绿色。绿色，只有绿色，才让山秀美，才让水灵动，才让大山充满鸟语花香。有山没水不是风景，有水没山也不是风景，有山有水没有树，也算不上风景，只有山水树的完美组合，才能构成美的风景。石柱山，正是这样的风景。

拾级而上，景色怡人，倒也不觉得热了。台阶两旁的荆花散发着淡淡的香味，叫人闻之欲醉。辛勤的蜜蜂也来凑热闹，在花丛中飞来飞去采蜜忙。我顺手摘了两朵，插在发间，感觉整个人都轻快了，在台阶上跳来跳去。

能在山上成长的植物，生命力都极强。石柱山上植物的种类繁多，有青松、马尾松、柏树、栗树等大树装点着山坡，仿佛给石柱山穿了一件绿色的外衣，形成了个天然氧吧。有了树的遮挡，山里的鸟类也多了起来，上山的路上，不时能听到鸟儿动听的歌声。一群鸟儿在树林里玩耍，一听见人的响动，便扑棱棱飞走了。

我最中意的植物，是台阶旁边到处生长着的荆条。这种小灌木，一簇一簇，漫山遍野，长得极其茂盛，枝条上开满了紫色的花，绚烂多彩。爱花是人的天性，尤其是女子，都是爱花的。看到花，我就想起一个花一样的女子，我的朋友梅。梅给人的感觉就如紫荆花一样，淡雅别致，但她骨子里有一种坚强的劲头。梅小时候家里穷，父母身体不好，唯一的哥哥因为小时候生病，落下了跛脚的后遗症。为了给家里减轻负担，她只念了初中，就早早辍学，家里的重担落在她稚嫩的肩膀上。

梅请教了农牧专家，贷了款，把家里的责任田改成了有机果园。她不管别人怎么看，坚持做自己想好的事儿，把汗水和理想都洒在田地里。果园见到了效益，她家的经济条件改善了。梅帮哥哥在村口办了一个小超市，看着哥哥娶了能干的嫂子，梅的脸上终于露出笑脸。

后来，梅也得到了幸福的爱情。梅和一个有担当的男人相爱了，两人婚后成立了种植专业合作社，把有机农业在家乡推广开来，不仅自己致了富，也带领乡亲们脱贫。梅和男人相亲相爱，就像石柱山的石头和紫荆花一样，谁也离不开谁。

石柱山，顾名思义，山上石头极多。景区内岩石奇特。灰绿色的玄武岩、花岗岩、白色的石英砂岩、砾岩和部分大理石、青石，经大自然搬运、断层、切割、风化，林立融合，浑然一体，使其裸露岩层表体，颇具艺术美感。

石柱山的风景是很多，在山中游走，不经意间，你就会看到一块象形的石头。我在一座山峰上，看到一块石头，状如青蛙双爪合十，似在拜佛。青蛙的头，朝天上仰，你能从它的神态里，看到它是多么的虔诚啊！听同行的人说，这块石头叫"金蟾祈福"。

在乡村，遇到天灾人祸，总有人祈福，祈求神明降福。善男信女们烧香上供，仰望青天，向神明表达自己的心愿，希望得到神明庇佑。旧时读书人、商人也喜欢祈福神佛，护佑自己功成名就、事业顺利。而一只青蛙祈福，可能是保佑蛙族不被人类捕杀吧！

在山中，还有两块宽扁的大石头互相挨着，中间有一条缝隙，就像巨大的河蚌微微张开它的蚌壳，好像在向人们献出它璀璨夺目的珍珠。这块采天地精华，汲日月精华而成的石头，就是"河蚌献瑞"。

不经意间，已经走到了半山腰。清一色的大石块，一块块地屹立在山上。走累了，便坐在石头上歇脚。也怪，这样大热的天，石块上却凉阴阴的，坐上舒服极了。也许，这些石头是通了灵性的，它知晓了我们爬山的热，特意送来一片清凉？

一位大哥索性躺在大石头上，闭上眼睛，均匀地呼吸，好像睡着了一样，几丛紫荆花儿就开在他的身边。看他陶醉的样子，一定是梦中在和花仙子亲密地拥抱呢。

快到山顶了，山路越来越陡峭，体力也消耗大半。大家都也不说笑了，集中精力做最后的冲刺。近了，更近了，终于爬上山顶。又一次地战胜了自己，众人心中欢喜。此时，站在山顶上，突然就想到杜甫先生的"会当凌绝顶，一览众山小"。

山顶上，两块大石屹立如柱，高大挺拔，头顶云天，脚踩大地。石柱历经岁月的洗礼，周身刻满了一道道条纹。这根石柱叫"石柱擎天"，是石柱山的标志性景观。此石高达十四米，坐落在主峰之上。柱上有环痕，据说是大禹治水的系舟处，这是旧县志上说的。因为此石高大，故称"石柱擎天"。与唐河县境内的"竹林晚翠、龟井寒泉、紫玉龙渊、泌桥飞雪、黄池映月、莲花捧佛、古塔凌烟"并列，称为唐河县八大景。

在山顶的石柱宫，遇到了一位老先生，与他攀谈了一会，并没有问他的姓名。得知他是守护石柱宫的人，老人已七十多岁高龄了，看起来精神矍铄，特别是他的一双眼睛，很是明亮。

我们站在石柱宫前，山间美景尽收眼底。老先生说他在石柱宫，已经二十多年了。我悄悄问他：如果某一日，我们想清净几天，能不能来这儿借住？先生答曰：行啊，只是这里吃住简陋罢了。

听老先生说，石柱山有两个山门，我们今天走的是南门。其实南门也挺美的，山是险峻的，树是凝绿的，花是鲜艳的，鸟声是清脆的。沿着山路，映入眼帘的是树、是石头、是灌丛，是野花，独独没有水。也可能，春天的雨水少，小溪断流，掩映在绿树灌丛之中，难得一见。也是的，不是有一句农谚叫作："春雨贵如油"吗？

老先生说，从北门上山，有一条小溪，直通山顶。一路走来，山中有水，水中有山，山水相融，风景宜人。尽管同是一座山，但景色各有不同。我想，人不能太贪婪了，美丽的风景，是需要慢慢欣赏的。一日看尽长安花，就会少了一些韵致。也许，来年走北门，会给我们带来意想不到的惊喜。

2018年春，我们一行人来到了一个叫石柱山的景区，在那里，我们经受了大自然的沐浴。那里的山，那里的水，那里的树，让我流连，也让我感动。

南召印象

遇见动人的山水

对大自然的向往，是与生俱来的，热爱自然，融入自然，缘于对自然的崇拜和敬畏！

闲暇，走进山水，与我而言，是一种享受。在大自然中，总会体验到一种透明，一种纯净，一种旷达。这是一种无法言表的美妙，没有切身的体验，是无法理解的。

我就是带着这样的心情，走进南召的。

南召的山水是有灵气的，是让人心动的。我很多次去南召，在南召文友的陪伴下，踏上过不少的山头，也欣赏到了那些山涧溪水。我也曾动笔描写过南召的九龙沟瀑布群、乔端镇的黄金山庄，还有崔庄的圣女朵等地方。

南召山水的美，不同于其他地方。张家界的山，是像擎天柱一样，一个个傲世孤立，自成山头，立于天地之间，叫人感叹自然界的鬼斧神工。张家界的水，依附于山，寡言少语，成为山的点缀。桂林的山水甲天下，走进去，你就走进了仙境。它像一个绝世的美女，让你赏心悦目，让你不忍离去。桂林的山，拔地而起，连绵不断，有的清幽，有的险峻，有的妩媚，有的豪迈，千姿百态。漓江的水，也是醉人的，清清的江水，清碧透明。走在岸边，你能看到水中的游鱼，看到江底的石头，还有那在水中轻轻摆动的水草，更妙的是，你能看到倒映在江水中的一座座青山。在山水中行走，给人一种梦幻的感觉，不知人间天上。心内直呼：这样的美景，可远观，不可近玩焉。

而南召山水的美，是朴实的美，是让人想亲近的美。如果把南召的山水比作一个女子的话，她美丽灵动，不张扬，宜室宜家，总笑盈盈的看着你，不吵不闹，静静地待着，可你会越来越发现她的美！

在一个雨雾缭绕的天气，我去了宝天峡。沿峡谷拾级而上，路边是一片青翠的竹林。烟雾在竹林里弥漫，恍惚间如同进了仙境。如此美景，让我举步不前。我喜欢竹子，喜欢它秀逸有神韵，纤细柔美，长青不败。我也欣赏它的气节，淡泊、清高、正直，有人格追求。宋朝大诗人苏轼曾在《于度潜僧绿筠轩》中写道："宁可食无肉，不可居无竹。无肉令人瘦，无竹令人俗。人瘦尚可肥，士俗不可医。"诗人宁肯不吃肉也要有竹子做伴，这是对竹子的高度评价，也代表着人与自然的和谐共存，相辅相成。

连日来的高温，抑或是其他一些不顺心的事情所致，我整个人都懒洋洋的，打不起精神。身体上的不适，带来精神上的不适，或二者不知谁是因，谁又是果。想着总得摆脱这种情绪，不能局限在一个相对的空间里，只让时间推着往前走，就这样对生活没了激情吧。来到宝天峡，用大自然的美妙来摆脱这种情绪，是再好不过了。在这片竹子面前，我的思绪如同放了线的风筝一样，一下就飞了出去。我不禁哑然失笑，女人啊，总是多愁善感的。

巧的是，去九龙沟瀑布群也是头天晚上下了雨。被雨水清洗过的山谷格外清新，路边一些花草被雨水淋得耷拉着头，还没从风雨中苏醒过来。"昨夜雨疏风骤，浓睡不消残酒，试问卷帘人，却道绿肥红瘦。"易安是极具才情的，她的词总能戳动人心底的那一丝柔软。可惜她生活在那样一个年代，半世不幸，写下了那么多让人心醉又让人忧愁的词句。彼时的群山，昨夜也经历了雨疏风骤，山体和路上尘封的尘土被冲刷了去，石头格外白，绿意分外青，天空也格外湛蓝，石头边几株叫不上名字的小野花儿，开得红鲜鲜的，特别入眼。真真是易安笔下的绿肥红瘦，只可惜昨晚没能饮上几盏水酒来应景呢！

五朵山是南召的道教圣地，有"北武当山"之称。五朵山地质构造古老奇特，地貌特征瑰丽多姿，山势巍峨险峻，山中树木茂盛，溪流清澈，可谓山清水秀。峰峦、山石、林木、花草、溪流、泉瀑交织纵横，相互辉映，大气磅礴与自然幽婉交融，浑厚粗犷与清秀玲珑并茂，风光旖旎，形成了奇特的山水奇观。著名作家二月河赞五朵山"神秘而有兴味"。宋代画家郭颐也对五朵山赞美有加。他说"东朵如泰山之座，西朵如华山之立，中朵如嵩山之卧，北朵如恒山之行"。

鸭河也是个好去处。鸭河是国家级水利风景区，环境优美，沿岸松柏成林，绿烟霭霭，和碧绿的湖水相映媲美。清晨，广阔的水面上，烟波浩渺、云锁雾罩，宛若仙境。近观鱼虾在清澈的水面下追逐嬉戏，隐约可见。站在大坝上极目远眺，碧波荡漾，水天一色，苍苍茫茫，水波森森。如果在傍晚，放眼望去，阳光下的水面上，泛着无数双金色的眼睛，水鸟在湖面上飞翔，边歌边舞，让人心旷神怡；鸭河水库，滋养着数百万人民，可以说是南阳人民的母亲湖。

其实南召山水的美，我远远没有描写出来。他们宽阔雄厚，大都属南阳伏牛山世界地质公园核心部分，宝天曼、瀑布群、大曼山、贾沟等等醉人的山水，里面物种丰富、植被覆盖率大，由于生态极好，也聚集了各种鸟类和动物，这些山水陶冶人的情操。春天的时候，南召成了玉兰花的海洋，到处玉兰盛开，一缕缕馨香弥漫在大街小巷。最近几年又开发了唐庄万亩桃花园、石头村等景点，休闲的时候去转一转，是不错的选择。

舌尖上的美味

我总觉得，美味也是带有地域色彩的。

我去过南召，那里的美食，给我留下深刻印象。那种带有乡土风味、地方特色的美食，至今想来依然令我垂涎欲滴。

我吃过南召萝卜丝干饭，是我心中忘不了的美味。萝卜丝干饭用料极有讲究，米是南召山上出产的大米，萝卜是山沟里种植的自然生长的萝卜，猪肉则是本地放养的土猪肉，做出的萝卜丝干饭，猪肉喷香、米香滑爽口，吃后意犹未尽。再比如南召的辣子鸡，也是很讲究的，辣椒是小尖椒，既辣又香，鸡是本地的土鸡，肉丝纤细，爽滑劲道，香味扑鼻。而南召的麻辣鱼，用的鱼则是鸭河的鲤鱼，干净无污染。南召美食，吃的就是地方风味。

我第一次去南召，吃的就是萝卜丝干饭，这道饭不是高档饭店做出来的，是南召人们都会做的家常饭，那真叫一个香啊，满足了口腔和胃对食物的期盼，以至于后来时常惦记。我请教过南召的朋友，这道饭的做法，她说其实很简单：米下锅滚一滚，看着米粒稍微胀起来的时候，捞出来控水后备用。将猪肉掺萝卜丝一起炒一下，加入各种调味料，炒出香味，再把刚才的米倒入菜上，开始焖。这个时候要掌握火候和菜中加水的量，水少了火大了，饭就煳了，水多火小了，焖出来的饭太湿，口感不好。看来做这道饭，也是个技术活。

南召的人，都把这道饭做得非常好，做出来的干饭，萝卜丝软香，猪肉劲道，米粒入味鲜美。听说非得用南召的土猪肉，才能烹制出这样的美味。一碗萝卜丝干饭下肚后，南召的朋友一定会给你捧上一碗凉茶。不过这里的凉茶可不同于一般意义的凉茶，他们用排骨加上绿豆、黄花苗等原料，熬上一锅肉汤，却不加盐和任何调味料。这道凉茶也是南召的一个特色菜。

南召的美食好吃，南召的人也真诚善良。南召的文友祖克慰、陈学现两位老师不仅文章写得好，也是两个资深的吃货。祖老师家在南召的乡村，他时常观察家乡山坡上的鸟儿和小动物。写出的动物系列散文，以他柔软的内心描写了家乡一个个动物的故事，写出了动物的重情意和善良，仿佛是一面镜子，让人类反思自己。陈老师则带着对家乡的爱，用笔描绘家乡的山水和风土人情。他们虽然从事不同的工作，但利用业余的时间，写了一本又一本的书，把自己对家乡的爱，通过不同的形式表达在文字中。

有次我们几个文友去南召，两位老师为尽地主之谊，想着法儿让我们吃南召的美食，喝南召的美酒。白土岗的辣子鸡，吃了之后真是过瘾，又辣又香，吃得直呼嘴和胃都受不了。可是没过几天，又开始想那个味道。白土岗辣子鸡的做法其实很简单，辣子鸡的主料是本地产的柴鸡，辣子、花椒、八角等做辅料，将鸡剁成块状，用铁锅、菜油、辣椒猛火爆炒去水分，待鸡块自身炒出肉油时，倒入高压锅加开水焖炖10-15分钟，滴上小磨香油，加味精、葱、姜等作料后即可食用。当然，辣子鸡可以根据食客口味，多样变换配料。可放入适量山药、杞果一起焖炖，会起到清热滋阴补肾、润喉作用。也可与香菇、干豆角、山野菜一起焖炖，味道吃起来都相当不错。

在南召众多的美味中，还有一道菜，我对它情有独钟，就是南召的麻辣鱼。鲜嫩的鱼片放入那一锅调制好的汤中，再加上喜欢的配菜，就是麻辣鱼。进入口中，口感爽滑，味道鲜美，麻中带辣，辣中有麻，刺激着味蕾，那种奇特的感觉，无法言说。

说起吃鱼，南召的鸭河鱼，远近有名。南召人吃鱼的手法有很多种，有清蒸鱼、一鱼两吃、麻辣鱼、酸菜鱼、糖醋鱼、瓦块鱼、红烧鱼……数不胜数。在众多的美味鱼中，比较出名的还是我上面介绍的麻辣鱼。当然，香煎翘白，也是一道不可多得的美味。翘白鱼是食肉鱼，身体扁长，呈银白色，嘴巴尖长且微微上翘，"翘白"之名，大概就是因此而得。此鱼肉质异常细腻、鲜美，因生长周期长，数量有限，且大鱼很少，一般都在一斤以内，鱼刺较多，不宜炖吃，适合香煎。香煎翘白，就是将翘白整条洗净，用辣椒、花椒、茴香、葱、蒜等作料腌制三、四小时后，然后放上油在平底锅中煎烤，这样做出来的鱼，表面焦黄，鱼肉细白滑嫩，又保持了鱼本身的鲜美，味道十分诱人。

无酒不成宴，美味佳肴离不开美酒。南召的武士特酿酒，是南召的美酒，这是南召土生土长的名牌，相当于南召版的"茅台酒"。二十世纪八十年代接连获得省级白酒大奖，1984 年成为北京人民大会堂指定用酒，达到辉煌的峰巅。后来，因为经营不善等原因，一度停产。武士特酿逐渐淡出全县人民的餐桌，令人引以为憾。后来又有企业家重新斥资，找回原来的工艺和技术，又加以改良，酿出了如今的美酒。吃南召美食，喝武士美酒，把酒畅谈南召的历史变迁，大家不免感慨、感叹。

第三辑　行走的花朵

　　我看到木槿花的花语是温柔的坚持，不禁对她又有了知己一样的情绪。这也像极了我的性格，木槿花虽不强悍，但有着坚韧的性格。更像是爱一个人，也会有低潮，也会有纷扰，但懂得爱的人仍会温柔的坚持。因为他们明白，起起伏伏总是难免，但没有什么会令他们动摇自己当初的选择，爱的信仰永恒不变。——《淡紫色的约会》

玉兰花，摇曳着一树清韵

　　这是 2017 年的春天，玉兰花开时节，几个文友相约，去"玉兰之乡"看花。走着走着，就走进了一片花海。白的花朵，紫的花朵，黄的花朵，让人眼花缭乱，眼神迷离。在花丛中行走，此时此刻，你是谁？我是谁？你不是你，我不是我；你非你，我非我；你忘你，我忘我。醉卧花丛，何止你我？

　　其实作为爱花之人，每年的春天，我都会去玉兰花的家乡南召赏花。玉兰花外形极像莲花，盛开时，花瓣缓缓向四周伸展，九片花瓣相互错合，微风荡漾，满树花香，花瓣舒展而饱满。虽然花期只有短短几天，但绽放时特别绚烂，花朵硕大而又艳丽，清新宜人。流连在花丛中，常常忘却归途。

　　南召，在中国的版图上，只是一个指甲盖那么大的小地方，但就是这个名不见经传的山区小县，却是中国的"玉兰之乡""柞蚕之乡""灯谜之乡"，而玉兰花尤为著名。可以说，南召，是玉兰花的故乡。

　　玉兰花，也叫辛夷、木兰、紫玉兰，为中国特有植物，生长在山坡林缘。玉兰花树形婀娜，枝繁花茂，花朵艳丽怡人，芳香淡雅，是非常珍贵的花木。玉兰花不仅是名贵的观赏花木，而且性味辛、温，具有祛风散寒通窍、宣肺通鼻的功效。可用于治疗头痛、鼻塞等症，具有一定的药用价值。玉兰花还是一道美味，花瓣肉质较厚，可供食用。

　　盛开时节的玉兰花，尽管花期短暂，但花开持续不断。白玉兰先开，接着是紫玉兰，再接着是黄玉兰。奇特的是，在一棵玉兰树上，可以看到各种形态的花。有的花蕾，紧紧抱作一团；有的含苞待放，洁白的花苞鲜嫩可爱；有的刚刚绽放，可以看到里面椭圆形的花蕊。而盛开的玉兰花，洁白柔嫩，白如凝脂，甜美纯洁，让人不忍离去。

　　玉兰花的绽放，是那么的恣意，那么的生机盎然，甚至不需要一片绿叶的陪伴，在干枯的枝条上，洁白如玉的花瓣，一如圣洁而孤傲的仙子，高雅、温婉、洁净、脱俗。袅袅的身姿，蕴藏着蕙心；绽放的花瓣，凸显着风韵；雍容的花朵，隐约着玉骨。每一朵花，都是那么的从容、自然、高洁，展示着属于自己的独特风景。

　　早春三月，虽没有百花争艳，但也有一些花在开放。桃花在开，粉红的桃花，一片缤纷；紫荆花也在绽放，一串串紫色的小花，开得热热闹闹；樱花也让人迷恋，惹人驻足。但我依然认为，玉兰花是我的最爱。如果让我选择观赏一种花，我会毫不犹豫，选择玉兰。我觉得桃花也好，樱花也好，少了一些孤傲，少了一些雅致，少了一些风骨，却多了一些俗气。我不是说，桃花樱花就不好，也没有一点的贬义。在这个季节，我只能选择玉兰，我喜欢她的天生丽质，风韵高雅，我更喜欢她那淡淡芳香，那种淡，淡得有一丝诱惑，让我的心悸动，让我痴迷，让我无法拒绝。

　　高雅也罢，俗气也罢；淡雅的香也好，浓郁的香也好。这都不是喜欢一种花的唯一理由。于我而言，玉兰花的诱惑，还在于她的色。

　　白色的玉兰花，花朵艳丽，冰清玉洁，高傲淡雅的气质，透着风骨。

片片摇曳的花瓣，随着暖风，弥漫着淡淡的芳香，清新怡人。唐代诗人咏："晨夕目赏白玉兰，暮年老区乃春时。"意思是说，女性天天赏视玉兰，嗅着浓郁的芳香，虽容颜老去，但童心未泯，可以留住岁月，永葆青春。在白玉兰花的花语里，白玉兰是表露爱意、高洁、芬芳、纯洁。因此，玉兰插花送老人，象征着健康与祝福；玉兰插花给朋友，象征着友谊纯正与长久；玉兰花枝送情人，则表达着爱情的纯洁与忠贞。

紫色的玉兰花，也是我的最爱，紫色，代表优雅、高贵、魅力、自傲、神秘。紫色给人印象深刻，代表一种强烈的情感，因此才会有"紫色的热情"。紫色虽不像红色那么火热，但它却可以像红色一样燃烧所有的激情。在紫色的花朵面前，有一种压迫感，一种神秘感，有一种孤独感。紫色是魅力，颠覆着你的意志，让人心神迷离。我喜欢紫色玉兰花，是她让我在孤独和压抑中激情荡漾。

在玉兰花家族中，黄色也是一种美丽的颜色。黄色的玉兰花，鹅黄、淡黄、金黄，也许是几种黄的复合色。黄玉兰纯洁、芬芳，它象征着纯洁、真挚的爱。似乎所有的花朵，都代表着爱。但我喜欢黄玉兰，是喜欢她明丽的色调。黄色的玉兰花，尊贵、灿烂、辉煌，有着太阳般的光辉，是照亮黑暗的智慧之光。金色的光芒，是权力和财富，它是骄傲的色彩。但我对权力和财富没有过多的欲望，我之所以喜欢，是因为爱，爱是至高无上的。

明代诗人睦石，有一首很有名的赞赏《玉兰》的诗："霓裳片片晚妆新，束素亭亭玉殿春。已向丹霞生浅晕，故将清露作芳尘。"大意是说，盛开的玉兰花，亭亭玉立，片片花瓣像美丽的霓裳。玉兰花瓣的清韵，向着丹霞生出浅浅的红晕。她开时极盛，谢时决绝，落英伴着清露，化成芳香的尘土。

其实，赞美玉兰花的何止是睦石？唐代的白居易；宋代的黄庭坚、卢祖皋；元代的张弘范、刘敏中；明代还有沈周、文征明；清代的查慎行、朱廷钟都写过歌颂玉兰花的诗，由此可见，玉兰花的美，是大家公认的。

在玉兰花之乡南召，白紫黄三色，是我所能看到的色彩。也许，在玉兰家族中，也许还有红色、蓝色等不同的花色，只是我无缘一见。但这已经足够，我能看到这些美丽的颜色，是上天赐予我的恩惠。面对玉兰花，我的心中，充满了无限的爱意和感恩。

槐花开满村庄

记忆中，乡村的春天，最美的是五月。在五月，走进我的乡村老家，你就走进了一片花海。这是我二十多年前的记忆，至今想来，依然清晰如昨。

一片的白，白得晃眼，那些白色，挂在树上，一串串，把绿色的树叶遮得严严实实。像是雪，挂在五月的树枝上，把树淹没。五月是没有雪的，五月只有花，那白色的花，是槐花。

村庄就这样，被雪覆盖，被花覆盖，被一缕缕飘来的花香覆盖。这五月的乡村，那嫩绿的叶片，那重重叠叠的房屋，还有人，猪马牛羊，都被绽放的槐花，遮盖得静静悄悄。这一方世界，只剩下了白色的花。人在花下行，鸟在花中飞，密密麻麻一片白，十里犹闻槐花香。

北方的乡村，在这个季节，才是最美的。这美，是乡村房前屋后的槐花，是村庄田野路边的槐花，槐花包围着村庄，槐花在村庄飞扬。开花的槐树，让村庄融进花海里，飘着花香的槐花，把村庄醉倒。

槐树栽满了村庄，严格地说，是槐树长满了村庄。这种生命力极其旺盛的树，是不用栽的，只要栽下一棵，三五年后，它们的根扎在哪里，哪里就会长出槐树。长出的槐树，再把根伸向四周，四周就又长出新的槐树。它们就这样，生生不息，一棵树一条根，慢慢地变成三棵树、五棵树、一片林。

老家人对槐树的偏爱，有着一种与生俱来的情结。那种情结，是对根的记忆，是对根的思念，是内心深处对根的眷恋。在老家，我常听到这样的传说，我们的老家在山西洪洞县，并不是土生土长的河南人。据说明洪武年间，因为连年战争，许多地方荒无人烟，为了平复战争带来的创伤，恢复生产，开始了大移民。但都不愿意背井离乡，被官府骗至洪洞县一棵大槐树下，用绳子捆了，押至河南，从此落地生根。来到河南后，为了记住洪洞的老槐树，家家户户在自家的门前栽上一棵槐树，作为纪念。时间长了，这种适应性很强的树种，在老家生根开花，遍布乡村。

其实，老家是不是山西洪洞县，我说不清楚，就是我的爷爷、父亲他们也说不清楚。老家在山西洪洞县，只是一个传说，一代代人口口相传的传说。

在乡村，槐花不仅可以观赏，还是一道美味可口的野菜。用槐花可以做出数十种菜肴，凉拌槐花，清热解毒；槐花猪肠汤，益阴润燥，清肠解毒。对大肠燥热、痔疮出血、大便干结难解，疗效明显；槐花包子，清热解毒、补血、止血、滋阴；槐花炒鸡蛋，营养丰富，清香可口。还有家乡人最喜欢的槐花饼、槐花蒸菜，都是不可多得的美味佳肴。

年少在家乡，槐树绕房屋，房前一排槐树，房后一排槐树，房屋就在槐树下。记得我们家的老房子，窗前长着一棵老槐树，伸出的枝丫，几乎钻进窗子里。每年槐花开时，站在窗前，透过树枝的缝隙，可以看到蓝天上飘浮的云朵，看到洁白的云朵下，吊挂在树枝上的串串花穗。白色的槐花，好像一串串珍珠挂满枝头，风吹过，坠落的花瓣，恰似飘飞的白蝴蝶，在风中舞动。风舞树枝，花香阵阵，怡人的清香，透过窗棂，扑面而来。

以至很多年，我没有采过这棵树上的槐花。我喜欢它的洁白淡雅，一尘不染；喜欢它淡淡的芳香，润脾清肺。静静地立在窗前，慢慢地享受着花的美妙和芬芳，是一种美的享受。我时常站在窗前，看着它发芽吐绿，长出嫩黄的细叶；看着它花蕾出现，由青黄的"翡翠"，变成青白的花苞；看着它青白花苞变成白色的蝴蝶。直到那白蝴蝶呼扇着翅膀，翩翩飞舞，完成它短暂的生命历程。这种美，文字的表达，总是苍白无力。

那一树的白花，让我迷恋多年。槐花开放时，许多树上的槐花，被一采而空，成了人们的美味。可我家窗前的槐花，却一直灿烂着，直到零落成泥。我家人曾希望采摘树上的槐花，但我一直以各种理由说服他们，留下满树的槐花。这是一棵幸运的槐树，它可以把美尽情地绽放。二十多年后，当我写这篇文章时，我的眼前，依然看到那棵开满槐花的槐树，它的一枝一叶，一串花穗一朵花，都清晰地印在我的记忆里。一种无法忘怀的情感，在心中涌动。

在家乡，人们对槐花，有一种深深的感念。可以说，槐花是鲜嫩可口的美味，过去的乡村，田野里长满了槐树，房前屋后也长满了槐树，山野沟沟坎坎更是长满槐树。这种生命力很强的树，随处可见。农村实行联产责任制前，乡村穷，每家每户只有几厘菜地，种的菜常年不够吃，一年四季，很少能吃上鲜嫩的青菜。因此，每年槐花开时，村子里的人扛着篮子走向田野，到处采摘槐花，田野里的槐花采摘完，再采摘房前屋后的槐花，房前屋后的槐花采摘完，还跑到几十里外的山岗坡头里采摘槐花。那时节，到处可以看到采摘槐花的人。采摘回来的槐花，炒着吃，煎着吃，蒸着吃，变着花样吃。吃不完的槐花，在锅里焯焯晒干，做饭时抓一把，热水一泡，然后下锅，放点油盐，就是一顿美味佳肴。有的农户，采摘的槐花，可以从年头吃到年尾。槐花，在生活极度贫困的年代，是不可多得的美味。

听村子里的老人说，三年自然灾害时期，干旱、洪涝、虫灾，造成许多庄稼绝收，粮食严重短缺，许多人吃野菜草根，啃树皮，有的甚至吃滑石粉活命。在我的老家，大片大片的槐树，救了乡亲们的命。遍野的槐树，虽遇干旱，却顽强地生存着，枝繁叶茂，槐花挂满树枝。乡亲们把槐花采下来，晒干后，用少量的粮食掺着吃，可以说，槐花救了乡亲们的命。

我们那时吃槐花，是因为穷没菜吃，是救命的粮食，是不可多得的美味佳肴。现在人吃槐花，是吃新鲜，吃保健，变着花样吃，还嫌没滋味。槐花炒鸡蛋，槐花牛肉饼，槐花炒腊肉等。可我觉得，不管咋吃，也吃不出当年的滋味。那时候的槐花稀粥，清炒槐花，吃着满口生香，咋吃也吃不够。是的，在极度饥饿、吃不上菜的年月，不要说是槐花，就是槐树皮吃着也是香甜的。我们没有理由怀疑，那些我们没有经历过的岁月。

槐花做的菜肴，我吃过不少，什么香煎鲜虾槐花饼、鱼香槐花、槐花鱿鱼粒、槐花包子，等等。仅就槐花包子，就有十几个品种，牛肉槐花包子、猪肉槐花包子、鸡蛋槐花包子、鱿鱼槐花包子……，这么多的品种，我虽然都有缘一饱口福。但我总觉得，那些美味菜肴，我没吃出什么滋味，唯一吃出来的还是槐花的清香。

说实话，我至今依然喜欢家乡的槐花，我依然喜欢母亲做的"槐花蒸菜""凉拌槐花"。这些朴素的家常菜，吃起来鲜嫩可口。"槐花蒸菜"虽然只是玉米面拌上槐花，在铁锅里蒸蒸，拌上姜蒜汁，淋一点小磨油，却比牛肉槐花包子香甜。吃母亲做的"槐花蒸菜"，总能吃出一种无法言表的情感来。不能不说，那是家乡的味道，带着泥土清香。

说白了，有些东西，在人们的眼里，并不珍贵。但对某些人来说，却比金子还要珍贵。这些东西，是珍藏在心里的，是一种记忆，一种怀念。也许，当我们在物欲横流的社会里，内心留存的那点可怜的记忆，那点念想，都随着对物质的追求，消失在嘈杂的闹市声中，我们所剩下的，也只能是一副皮囊了。

我之所以在这里喋喋不休地倾诉家乡的槐花，是因为在我的内心，还有着对老家的牵挂，对老家的那些人和事的怀念。一个村子，就是开满了槐花，又能有多么的美丽？城市里大片的花草，一年四季都在尽情地绽放，那些花花草草，美丽得令人眼花缭乱，哪一朵都比家乡的槐花鲜艳亮丽。可城市里的花朵再艳丽，却无法代替心中的槐花。

希望明年，槐花开时，回到家乡，吃一碗母亲蒸的"槐花蒸菜"，看一眼开满村庄的槐花。但我知道，我的家乡汉冢，几乎没有了槐树，这种不成材的树，早已被砍伐殆尽。"村庄槐花白，十里槐花香"的场景，再也不会出现。但我相信，在五月的春天，站在家乡的土地上，依然可以感受到满眼的白色，翩翩飞舞的白蝴蝶，还有来自遥远年代的花香。

月季花，飘在时光里的一抹馨香

春夏之交，应朋友之邀，去月季博览园赏月季。

在南阳，月季应该是最普通的花。说她普通，是因为南阳到处都是月季。每年四五月份，南阳的大街小巷，公园、学校、机关，甚至居民的阳台，都开满了姹紫嫣红的月季花，黄红白绿紫，开得热热闹闹，整个南阳，一片花海。

看多了月季，就少了一些新鲜感，本来是不想去的。朋友却说："月季博览园的月季，规模大，花色多样，品种齐全，不去看看，遗憾半年。"经不住朋友的鼓动和月季花的诱惑，就随朋友去了月季博览园。

南阳是全国出了名的"月季之乡"。月季栽培历史悠久，文化底蕴深厚，始于唐宋，兴于明清，发展于当代。家家养花，户户芳香，人们爱它芬芳扑鼻，爱它长盛不衰。南阳月季主要有树状月季、大花月季、藤本月季、地被月季、丰花月季、微型月季及玫瑰切花等六大精品系列，10个色系1200多个品种。兴旺时期，种植面积多达69万多亩，从南阳北石桥、蒲山到南阳市南郊，沿途20多公里，到处都是月季。红的、白的、黄的、绿的、紫的，连成一片花海，绚丽夺目。

作为南阳的市花，在市区的大街小巷，经常都能看到她的倩影，空气中，也弥漫着月季花的馨香。月季是南阳人的骄傲，南阳人来了外地的朋友，首先会带着到武侯祠、汉画馆看看，其次就是看南阳的月季花了。若是来客在 4 月份以后，正是月季花开的时节。南阳人会自豪地给朋友们说："看看我们南阳的月季花，不逊色于洛阳牡丹！"

说月季花不逊色于洛阳牡丹，在于每个人的感受和喜好。冰心先生在樱花赞中说：世上没有不美的花朵，至于对某一种花的喜爱，却是由于各人心中的感触。在我看来，月季花的美，确实可以与牡丹比肩。大诗人苏轼是这样赞赏月季花的。他说："花落花开不间断，春来春去不相关。牡丹最贵为春晚，芍药虽繁只夏初。惟有此花开不厌，一年长占四时春。"在苏轼眼中，月季花不但美，而且美在四季，这是牡丹不可比的。

苏轼喜欢月季，而他兄弟苏辙也喜欢。苏辙在《所寓堂后月季再生》一诗中写道："何人纵千斧，害意肯留桩，偶乘秋雨滋，冒土见微苗。猗猗抽条颖，颇欲傲寒冽。"苏辙不但喜欢月季花的美丽，更喜欢月季顽强的生命力和敢于与恶劣环境抗争的精神。

其实，古之以来，文人墨客对月季花钟情有加，写出了许多赞美月季花的传世之作。在赞美月季的诗人中，以宋代文人居多，可见宋代人对月季的喜爱。除前面提到的苏氏兄弟以外，还有徐积的《长春花》："谁言造物无偏处，独遣春光住此中。叶里深藏云外碧，枝头长借日边红。曾陪桃李开时雨，仍伴梧桐落后风。费尽主人歌与酒，不教闲却买花翁。"这首吟咏月季的诗，从大处落笔，描写得绘声绘色，使读者诵读后赏心悦目。宋人杨万里的《腊前月季》："只道花无十日红，此花无日不春风。一尖已剥胭脂笔，四破犹包翡翠茸。别有香超桃李外，更同梅斗雪霜中。折来喜作新年看，忘却今晨是季冬。"赞美月季花四时常开，娇艳美丽，香飘溢远，表达了诗人对月季的无比喜爱之情。

在南阳，人们喜爱月季，对月季花情有独钟。城市里，许多居民的阳台上，摆满了月季；就乡村，农家小院里，也要种上几棵月季，似乎离开月季，生活就少了些许情趣。如今的南阳，商店开业、乔迁之喜，朋友们送两盆名贵的月季花，表达恭贺之意；而红色的月季花，常用作情人间的礼物，表达热烈的爱情。

月季是常绿、半常绿低矮灌木，四季开花，一般为红色，或粉色、偶有白色和黄色，可作为观赏植物，也可作为药用植物，亦称月季。现代月季花型多样，有单瓣和重瓣，还有高心卷边等优美花型。其色彩艳丽、丰富，不仅有红、粉黄、白等单色，还有混色、银边等品种。花朵大而艳丽，香气浓郁。因此，人们称月季花为"花中皇后"。

置身于花海之中，当真是不知魏晋。在花海中徜徉，眼前到处都是花，红的花、白的花、黄的花、粉的花、鹅黄的花，肆意地开着，一瓣挨着一瓣，排列极好。成群的花瓣拥簇成一张美人脸，如同二八芳龄的小仙女，那样的明艳自然。月季的叶子也长得极好看，绿莹莹的小半圆状，就妥妥帖帖地守候着花朵。我想，叶子一定是爱上了花，千百年的相遇、千百年的守候，或许是叶子前世欠了花儿的，亦或许叶子注定就是花儿的守护神。反正，在世人看来，红花绿叶，是最好的装扮。

最爱这些月季的，当属园丁了。月季园中月季品种繁多，名贵的也不乏有之。有的月季花嫁接后，一株上可开两色花。眼前看到的这些月季，最大的特点就是，月季花的花期长，朵大而娇艳，深受人们的喜爱。

原来的月季花，并没有现在这么好看。那时候，人们唤月季花为"月月红"，就是每月都会开花的意思，无论春夏秋冬，她都常开不败。当时的月月红，虽然开花极多，但是花瓣少，花朵小，颜色比较单一，多是粉红色、白色的花朵。在我们家乡，人们把长在田埂、农家院落的月月红，叫作"刺玫花"。

月季花的娇美，离不开一代代育花人的辛勤培育。在南阳，专业培育、种植月季的专业户，多达数千户，规模从十几亩到数百上千亩，他们有的种植月季数十年，称得上种植培育月季花的专家。正是因为有了这些执着的育花人，南阳的月季才开出了又大又美的花朵。

此前，我曾去过蒲山信合月季园。园主王力，有着二十多年月季种植经历。说起月季花儿，这个脸庞黝黑的汉子掩饰不住喜爱之情。他说，看着这些月季，就像看着自己的孩子一样。从当年的门外汉到现在成为这一行中的精英，他的经历和感触非三言两语可以表达。

记忆最深的，当属改良月季的时候，摸索了两年，又请了专家指导，两年有大半的时间，吃住都在园里，实验了一季，不成功，又接茬改良。看看，这头上一半的白头发，就是当时操心操的，王力笑着说。功夫不负有心人，终于种出了高枝、大朵、花期长的月季花。现在市区孔明路、滨河路一带的月季花，就是当时改良后的品种。当市民看到这样绚丽多姿的月季，啧啧称叹时，王力说，再苦也值了。

改良后的月季花，尤其适合盆栽，月季花配上花盆，修剪出不同的造型。或热烈奔放、或清雅别致，或大气磅礴，或宜室宜家……总之，不同的场合，选择不同颜色的月季装扮环境，既温馨又雅致。

南阳月季，就是因为有一群像王力这样的人，才有如今的月季之乡，才有了闻名遐迩的南阳月季。可以说，月季走向全国，走向世界，南阳人功不可没。

作为土生土长的南阳人，说起家乡的月季，我自然是骄傲的。月季花儿，就是飘在时光里的一抹馨香，不仅陶冶着南阳人的情操，美化着这座城市，也用她坚韧不屈的精神，一如既往地温润着这里的春夏秋冬。

塔子山寻梅

在一个慵懒的午后，我走进了塔子山。

来塔子山，是为了看梅。为了看到这满山的梅，是颇费一番周折的。母亲因为春节劳累，过罢节一直病着，看着越发暮气沉沉。为了让母亲开心，就决定带母亲来塔子山看梅。她原本不愿出来跑的，后来，经不住我一番游说，这才成行。

来的路上，竟然走错了两次路，就在我不知所措的时候，却发现，满眼的梅，竟然就在眼前。真是，众里寻他千百度，蓦然回首，却在灯火阑珊处。母亲也惊叹：还不知道，竟然有这么大的梅园。这座山上，长满了梅，我们来时，梅花已经盛开。

走在崎岖的山路上，风吹过，梅花的幽香在山间弥漫，走在花丛中，淡雅的香，一阵阵扑面而来。王安石在《梅花》诗里说："墙角数枝梅，凌寒独自开。遥知不是雪，为有暗香来。"确实，梅花朵朵，暗香浮动。确实，这梅花的香味，自然与百花不同。百花大多在春天开放，争奇斗艳，一朵赛似一朵，香味弥漫整个田野。独独梅花盛开在冬季，她的香味则是淡淡的幽香，非得你接近她，才能捕捉得到。自古风流之人，大多爱梅的雅致，《红楼梦》中贾宝玉吟咏的"酒未开樽句未裁，寻春问腊到蓬莱。不求大士瓶中露。为乞嫦娥槛外梅。入世冷挑红雪去，离尘香割紫云来。槎枒谁惜诗肩瘦，衣上犹沾佛院苔"的诗句，宝玉向妙玉乞梅，那场景，该是怎样的诗情画意？

塔子山梅园，纵横排列的梅花树，极具气势，恣意的枝条上，朵朵梅花，绚烂地开放着，把生命昂扬到极致。梅园里的梅花，多为红梅，也有不少白梅。红梅妖艳，白梅洁净。有时一棵树上竟然红白相间，轻置枝条之上，那薄如蝉翼的花瓣在微风中轻轻摇曳，看着傲立怒放的梅花，仿佛忘记了世间琐事，只想闭目屏气，将这花香留于心底。是你，独步早春，在寒意很深的早春季节，万物尚未发芽，却凌寒而开，把白雪一样的洁净与一缕梅香留在人间。

在塔子山，我看到的是漫山的土石，瘠薄的黄土地。很难想象，在这样的土地上，梅花却以旺盛的生命力，向人们昭示着它们的顽强。其实梅花是大众花，山涧野地，落地生根，蔚然成林，自成风景。乡村茅舍，临窗而栽，花香四溢。梅花站在哪里，哪里便有缤纷的花朵与掩不住的幽香。

说实话，我爱梅花的香，梅花的香味，别具神韵，清幽淡雅。"着意寻香不肯香，香在无寻处。"徜徉在花丛之中，微风阵阵，花香随风而来，看不见摸不着，但花香无处不在，犹如浸身香海。陆游《咏梅花》诗曰："曾为梅花醉似泥，二十里中香不断"。梅花那淡淡的香，绕身而来，久久挥洒不去。

因来的稍晚，游人不多，反而幽静。三三两两的赏花之人随性地走着、看着，没人大声喧哗，有的捧起梅花细细观赏，爱不释手，有的在花前拍照留念，游客都是爱花惜花之人，并无采花折枝之人。说起惜花，想起鲁迅先生的《惜花四律》，其中一首"鸟啼铃语梦常萦，闲立花阴盼嫩晴。怅目飞红随蝶舞，开心茸碧绕阶生。天于绝代偏多妒，时至将离倍有情。最是令人愁不解，四檐疏雨送秋声。"随蝶飞舞的落花，都能叫先生触目惊心，看来对于美好的事物，人们都会心生怜惜爱护之情。

人们爱梅，爱的是梅花不畏凛冽寒风，不畏冰袭雪侵，铁骨铮铮，傲然挺立，昂首怒放，独具风采。梅花的精神，在于她不屑于繁华富贵，甘愿孤守清贫和宁寂。梅花，赋予了文人多少才思，一树梅花千首诗，冷艳高雅赢得世人讴歌颂咏。元代杨维桢诗云："万花敢向雪中出，一树独先天下春。"因此，不畏严寒，独步早春的梅花，被誉为"东风第一枝"。在我们乡下，许多女孩都以梅花为名，春梅、秋梅、冬梅。也许，以梅为名，是她们的父母的期望，希望坚强、独立、顽强，能经得风雨，耐得霜雪。

母亲站在一株梅花树下，望着满树星星点点的梅花，竟然看呆了，像是跑了神。我知道，母亲的一生，是吃苦受累的一生，但是她从来没有抱怨过，反而非常地知足，感恩。我和弟弟小的时候，父亲在外工作，母亲一人带着我们兄妹两人，在家务农，并且盖了新房，慢慢过上了不错的生活，这与母亲坚强和独立的性格不无关系。母亲现在年岁大了，凡事我们都不让她太操心，她自己总说，老了老了，以后就靠你们年轻人了，可她总还是为一家老小劳累、操心。母亲的这种品质，也影响了我们，在工作和生活中，都颇有受益。

顺着小路向梅园里面走去，看到一株株形态各异的梅，或从底部分权，或两三枝树干不规则地伸开，树干上如星星般地点缀着小朵的花儿，有的含苞待放，有的已稍然打开。亦有的或直接从根部伸出很多树干，直直长上去，如同灌木丛一样，这上面的花儿大都比较浓密，远远看去如同花树一般，让人忍不住上前与之合影，留住美好时刻。

傍晚上山，寻得这样好的梅花，方不辜负走那么远的山路。古人都是踏雪寻梅，可时下天气晴好，竟无雪可踏，不过能赏到这漫山遍野的梅，也是雅事一件。

相遇兰草

喜欢兰花，缘于黄庭坚在《书幽芳亭》。他说："士之才德盖一国，则曰国士……兰之香盖一国，则曰国香。"黄庭坚的意思是：做官以德才闻名天下。兰花则以香闻名天下。可见兰花的香，是多么的诱人。

闲暇之时，我喜欢摆弄花草，菊花、海棠、吊兰、绣球等，置于阳台之上，红的花，白的花，黄的花，昂首于绿叶之上，别有一番情趣。偶尔有风吹过，淡淡的花香，透过阳台，在室内弥漫，舒心怡人。但花草中，我喜欢的花，都有种养，独缺了兰花，因此每次赏花，总觉得少了什么，心中便有点遗憾！

我曾去过花鸟市场，想买两盆兰花，但那些兰花，价格有点高，不是我等工薪一族所能承受，只能忍疼割爱。当然也不全是价格的问题，花鸟市场里的兰花，看上去绿莹莹的，太过娇嫩，与我少时在山中看到的兰草相比，少了一些大自然的灵性与野性。买两盆兰花的愿望，未能实现。这种遗憾，一直到今年春天，才得以弥补。

春天去南召，应文友之邀，去山中游玩。此前听说南召的山是大山，山中有兰花。临出发前，问乔老师："山中有没有兰花？"乔老师说："南召的山上，最不缺的是兰花。但最近几年，兰花备受人们青睐，山上的兰花多被人挖走，有的自己养，有的拿到市场上卖，想找几株兰花，也不是件容易的事。"听乔老师这么一说，我有点失望。乔老师看到我满脸失望，安慰我说："虽说现在兰草有点稀少，但有我带路，挖几株兰草，也不是难事。"乔老师满是自信，好像他到了山里，兰花就能凭空生出来一样。祖老师听了，不以为然，就打趣乔老师，说乔老师是"喷壶"。原来，祖老师说的"喷壶"，就是说大话。乔老师不愿意，两人就你一句他一句叮当起来，很是热闹。

抱着一丝的希望，我和乔老师、祖老师、陈老师和表姐一起，前往深山崔庄。路上，我们欣赏着南召美丽的风景，谈论着去哪里挖兰花。乔老师曾经在崔庄乡工作过，对这里的情况十分熟悉，用乔老师的话说，就是崔庄的山山水水他都到过，足迹踏遍崔庄乡。路过山脚下村子的时候，乔向老乡借了镢头，又买了两瓶酒，和一些小吃食，说是挖到兰草，就在山上喝酒庆贺。

顺着崎岖的山路上，向山上爬去。山上几乎没有路，长满了不知名的野树和荆棘，树枝上旁逸斜出，长了一些尖尖的刺。脚下尽是落叶，走起来沙沙的响。好多不知名的小花，不时从荆棘中冒出来，有黄色的，白色的，红色的，还有的花紫中带黑，开得缤纷热闹，别有一番情趣。

大抵就是这样没人走的山路，才会藏有兰花吧。我心里默念着，小心翼翼地挪开一根根树枝。午后的山像极了一位学识渊博的老人，静谧威仪，视野开阔。此时都没有人说话，分头行动，都想先寻得那棵兰花。

在上山的路上，碰到几个当地的村民。他们在山上挖了几棵奇形怪状的大树根，抬着下山，老乡们的脸被太阳晒得黝黑，手上布满了老茧。他们一定在祈祷着挖来的大树根能卖个好价钱。老乡说现在山上的兰花少了，名贵的就更难寻到。他说，前几年兰花值钱，村民们农闲季节，就会上山挖兰花，然后卖给倒卖兰花的贩子，用以补贴家用。

果然，走了很久都没见到兰花，只看到落叶和石头布满山坡。山上的树种并不多，就看到两种植物。一种是很熟悉的松树，松树直挺挺地立在山顶之上，远远看去就是一片风景。另一种是半椭圆形的树，树干不高，可是生命力极强，整个山坡上长满了这种树。后来才知道，这种像荆棘的灌木，就是"栗茅"，也叫柞树，可以养柞蚕。南召之所以被称为中国的"柞蚕之乡"，就是因为山上的这些柞树，没有这些不起眼的小树丛，就养不了蚕。

兰花就像淘气的小孩和我们躲起了猫猫，每个人都累得气喘吁吁，还是寻不到她的踪影。就在快要放弃的时候，忽然间有了收获，乔老师大呼找到了，等我们跑到的时候，他已经用镢头刨出了三四棵，还有几棵没刨出，它们长得很隐秘，在树丛的旁边，从落叶里随意伸出几条叶子，分得很开，几乎贴在落叶上，不像我们移植在花盆里的兰花，剑一样的叶片，葱郁茂盛。

因为挖到了兰花，每个人都很兴奋，当即决定坐下休息。坐下看风景的心境和刚才寻找兰花时的大不一样。那种急切寻找兰花的心情已荡然无存，取而代之的是悠然自在的闲适。这座山没有名字，是由三座山峰组成，我们上的这座是其中最高的山峰。与它遥遥相望的另外两座山峰，相对比较平缓。山峰东边比较开阔的叫"周公垛"，北边与它相望的叫"桃花垛"。当地的老乡喜欢把山峰说成"垛"，而不叫峰，听上去有点别扭，但细想来，"垛"似乎更有乡土的意韵和诗意。

看着嫩绿的兰草，乔老师建议喝酒庆贺！因挖到兰花，大家都很高兴，同声附和。我们选了一块空旷之地，以草地为座椅，以石头为桌子，围石而坐，饮酒话兰。陈老师提议，每人吟一首关于兰花的诗词，不会的喝一大杯酒。祖老师坐在上边，从祖老师开始。祖老师说的是康熙的《咏幽兰》："婀娜花姿碧叶长，风来难隐谷中香，不因纫取堪为佩，纵使无人亦自芳。"乔老师一时没有想起，就喝了一大杯酒，那个辣，让乔老师的嘴巴都咧到耳后边了。看到乔老师那滑稽的样子，大家都哄堂大笑。陈老师想了一阵子，吟了一首是李白的《古风》："孤兰生幽园，众草共芜没。虽照阳春晖，复悲高秋月。飞霜早淅沥，绿艳恐休歇。若无清风吹，香气为谁发。"乔老师看到祖、陈两位老师没有喝酒，心里不服气，说重新开始，每人再来一首，开始祖、陈两位老师不同意，但我和表姐、乔老师都同意再来，祖、陈两位老师也就不好说什么了。祖老师想了一阵，也没想起，就很自觉地喝了一大杯，呛得眼都眯成一条缝了。大家又笑。乔老师这次是胸有成竹，张口就来了一首郑板桥的《山顶妙香》："身在千山顶上头，突岩深缝妙香稠。非无脚下浮云闹，来不相知去不留。"轮到陈老师时，想了半天才想出了一句"坐久不知香在室，推窗时有蝶飞来。"但大家都说不完整，也没说出作者是谁？是不是自己临时作的诗，无法判断。无奈，陈老师也喝了一大杯。一瓶酒很快就成了空瓶，大家这才作罢。

趁着酒兴，曾经在崔庄工作过的乔老师，给我们讲了一个关于"桃花垛"的爱情故事。相传当年山脚下，住着一对父女相依为命，女儿名叫"桃花"，人如其名，漂亮聪明贤惠。家有此女，自然挡不住四邻八舍的乡邻们来提亲。可是桃花怎么也不肯点头。时间久了，老汉看出些端倪，原来女儿喜欢上了一个外乡来的叫周公的小伙子。这个小伙子相貌堂堂，在本地一个大户人家教私塾。他和桃花两情相悦，就在他们要订下终身的时候，一个本地恶霸看上了桃花，强行下了聘礼，择下了日期要迎娶桃花。就在迎娶的头天晚上，桃花跑到了山边，跳了山崖。桃花跳崖后，化成了一座山峰。后人为了纪念桃花，就把这座山峰叫作"桃花垛"。周公听说桃花不畏强暴，宁死不嫁后，也跳崖为桃花殉情。周公死后，化作了现在的"周公垛"。

太阳慢慢地落下了山谷，我们开始下山。走到山脚下，忽闻脚下不远处有些响动，原来是一条蛇"嗖"地一下不见了踪影，吓得我心里怦怦一阵狂跳。蛇是我最怕的动物之一，虽然知道这里的蛇不伤人，但是还是没来由地发怵。就像从小就害怕毛毛虫一样，它那么的小，也不伤人，可当我看到软软的虫子时，总是条件反射一样跳得老远。还有老鼠，我从来不敢正眼瞧它，实在躲不过，就会跺跺脚或者大喝一声，让它自己跑掉。

走下山来，仰望周公、桃花两垛，突然就有些感动，这种感动，缘于周公和桃花的爱情。人生一世，能有如此真爱，死而无憾了。

再看手中的兰花，觉得兰花变得青翠欲滴，纯净剔透。想想也是，这样美丽的山，这样美好的爱情，不正是兰花高洁品质的象征吗？

我想把这些来之不易的兰花，种在阳台上，让这带着泥土气息和高贵品质的兰花，在我小小的室内，带着野性和灵气绽放。但愿，来年的春天，可以闻到它那淡雅的花香。

又是一年桃花开

春天，我回了趟老家，此时桃花正开。

一排排整齐的桃树，像一个个婀娜的仙子，在春风中摇曳。今年的桃花仿佛开得比过去更好，深红、玫红、浅红，红中泛白，颜色深深浅浅的桃花，开满了枝头。

每次回老家，总要经过这片桃园，而每次，总会想起关于这片桃园的故事……

桃园的主人叫建国。建国家媳妇叫桃子，和建国青梅竹马，从小一起玩耍、长大又一起上学，一起毕业。建国头脑灵活，踏实肯干；桃子温柔贤惠，柔中带刚。两人结婚后，一起开办超市、小型加油站等生意。后来，开发了这几十亩桃园。

桃子在桃园边上开了一个农家乐饭馆，人们来吃饭的时候还能赏赏花、摘摘桃，呼吸点乡村新鲜空气。日子越过越红火，两口子的存款也嗖嗖地往上涨。

朋友多了，生活的圈子大了。建国哥不满足在老家挣这点小钱了，他要去城里发展，和几个朋友一起，开办他所谓的投资公司。

桃子不想他去城里，在她的眼中，能和爱人孩子厮守在一起，就是幸福和美满。而有些男人有钱后，抛弃家庭的例子，也让她不放心。

桃子最终没能劝住自己的爱人留下，建国还是进城了。公司干起来了，听说干得顺风顺水。他觉得城里的钱好挣，在外边干一年，比辛辛苦苦在家干几年都强。并动员桃子把家里这几年挣的钱，都归结到一处，也投资进去，效益来得快。

这些钱真的带来了效益。可也给桃子带来了烦恼。建国哥有钱了，换了新车，回家的次数越来越少了。他对桃子说：应酬多，太忙了，实在是分身乏术。

可桃子却听说，他无论去哪儿，都带着他公司的女秘书，两人形影不离。他还给小秘书在城里买了房子。建国哥越发没时间回家看桃子了。

风言风语传到桃子的耳朵，她强忍着眼角的泪水，拼了命一样，打理着家里的生意。她对自家的桃园情有独钟，每到浇水、施肥、修枝的时节，她都亲自盯着人干活。这片桃林也仿佛懂了桃子的心思，每年都枝繁叶茂，用累累硕果来回报她。

今年的桃花又开了，开得仿佛比往年都妖艳。阵阵微风吹来，桃花甜美的味道沁人心脾。桃子站在桃花树下，回想她和建国哥的点点滴滴。

刚种下桃树那年，桃子生病了，一直发烧，看了几家医院，还不见好。桃子疑心自己得了不治之症，偷偷流泪，身体日渐消瘦。

建国哥领着桃子，四处求医问药，嘘寒问暖，亲自照看。桃子感动于这个男人的情意，心结也渐渐打开。终于，在桃园第一年开满桃花的时候，桃子的病好了。在桃花园里，两人喜极而泣。

这满园的桃花，是两人爱情的见证。可如今，桃子又潸然泪下，心爱的男人已然离自己远去，只留下她，形单影只。这满园的桃花，也随她悲伤。

建国哥此时，也正在桃园里，看到桃子的眼泪，他心如刀绞。他知道桃子一定是误会自己了，再也不能回避了，他要给桃子讲明缘由。

原来，建国和朋友们开的公司出了问题，资金借出去，到了该还的期限，却收不回来。建国哥知道，放出去的钱是桃子辛辛苦苦攒下的，如果打了水漂，桃子一定会心疼的。他便发疯一样，想尽办法去要债，可还是无济于事。他一是着急，二是羞愧，所以一直不敢回来。

那个女秘书的事儿，是因为他追债追得紧，债主故意来散播的谣言，想让他后院失火。

建国哥一边说，桃子一边流泪。这是心疼的泪水，是喜悦的泪水。之前的误会消除了，自己的爱人没有变心，损失点金钱，还能再挣回来。桃子不在乎。一家人，不管多大的事儿，她想和他一起担着……

经历世事变迁的两个人，紧紧地相拥在一起。无论金钱多少，社会地位高低，相爱的人，心近就好。

又是一年桃花开，今年的桃花格外明艳动人。

绽放在心中的郁金香

　　最初的郁金香，是开在墙壁上的。那两朵花，给我留下了深刻的记忆。也就是那时，我认识了一种花——郁金香！

　　那时十五六岁的样子，初来南阳上学。一个偶然的机会，来该饭店吃饭。这里装修豪华，窗明几净。那天晚上，我们就餐的房间叫"郁金香"。房间不大，却很雅致。

　　墙上装裱的两幅画，一下子吸引住我的目光。那是两幅画着郁金香的画，一幅画的是鹅黄色，一副是淡紫色。我对淡紫色的两枝郁金香格外中意。两枝花朵，四片叶子，简单随意地躺在画儿里，便觉得她们风情万种。

　　那天晚上，饭菜没给我留下太深的印象，那两朵淡紫色的郁金香，却深深地留在我的记忆中。这就是我最初对郁金香的印象。

　　从小在乡村长大，从来没有在乡村见过这样的花。那时候见得比较多的是喇叭花、指甲花、金菊花等花草，生命力强，随处乱开。郁金香倒是像比较高贵的植物，不太容易被种植，反正我的家乡，是没有见到过的。

四月一个周末的清晨，霞姐给我打电话说：下午我们去新野看郁金香吧！一直都想去看的，又太忙了，再不抽出点时间去，恐怕花都谢了。

霞姐的话，勾起了我对郁金香的思念。

这些年，陆陆续续地赏了一些郁金香。她挺直的杆茎和一枝独开的独特气韵，让我对她的感觉，一直宛若初见。她不似桃花、梨花一样，花开满树，但却一下子吸引住你的目光。但郁金香大都成片种植，且花朵颜色不一，一种颜色一大片，数不清的郁金香，更叫人观之欲醉。

听说新野白河边的湿地公园，成功种植了大片的郁金香，赏花的人，去了一拨又一拨。看到微信中郁金香的照片，偶遇一下郁金香的心情，也蠢蠢欲动。可连日杂务琐事儿缠身，牵绊着我，竟也没能成行。

霞姐是我要好的朋友，略长我两岁。她长着姣好的面容，工作能力强，家庭也照顾得不错，在我的眼中，她绝对是完美的女人。可我也知道，她看似完美，背后定然付出了不少艰辛。累了困了的时候，出去走一走，看看花儿，倒是个不错的选择。

去往白河湿地公园的这段路程很美，绿意盈然，充满生机。老树发了新叶儿，春风吹开了朵朵小花，一条白河临路而溪。

进入白河湿地公园，映入眼帘的是一个由一串串红灯笼做成的长廊。穿过长廊，顿觉开阔，一片片郁金香展现在眼前。

有黄色的、红色的、淡紫色的、白色的、红白相间的……顿时觉得眼睛不够用了，觉得这一朵好看，仔细一看，那一朵更好看。霞姐张开双臂，激动地说：多美的郁金香呀！

关于郁金香的传说，也是美丽：在古欧洲，有一个美丽的姑娘，同时受到三位英俊的骑士爱慕追求。一位送了她一顶皇冠；一位送她宝剑；另一位送她黄金。少女非常发愁，不知道应该如何抉择，因为三位男士都如此优秀，只好向花神求助。花神于是把她化成郁金香，皇冠变为花蕾，宝剑变成叶子，黄金变成球根，就这样同时接受了三位骑士的爱情，而郁金香也成了爱的化身。

仔细看郁金香的花，真像女王的皇冠。每一个女人的心中都有一个梦，在梦中，自己是头戴皇冠的女王。小时候，父母把自己养成女王，结婚后，希望被爱人宠成女王。我看到霞姐正在专注地欣赏一片红色的郁金香，若有所思。她今天穿着一件鹅黄色的外套，微卷的短发，看起来高贵、雅致。她看到那一顶顶皇冠，迎风摆动，想必，也勾起了她心中的女王梦了吧。

她一直想来看看郁金香，也许是有许多心语，藏在心里，想找机会，诉说给代表爱情的郁金香。霞姐是忠于爱情的女人，在二十世纪八十年代末，她的家庭就非同凡响，父辈们都在金融部门工作，她的长相也是超凡脱俗的。那时候，曾经有人建议她去拍电影，说跟一个明星挺像的，可她偏偏就爱上了一个贫苦人家的孩子。

追求爱情的道路，从来都不会是一帆风顺的。他们努力相爱着，越过世俗的阻力，最终走到了一起。生活不是单单的琴棋书画诗酒花，也不仅有诗和远方，生活更多的是柴米油盐酱醋茶。流逝的岁月，生活的艰辛，在他们的眼角刻满了深深的皱纹。看到这么美丽的花儿，霞姐像看到了当年的自己，她怜惜地用手轻轻抚摸着红色的郁金香，除了欢喜，还有些许生活的无奈在其中。

我痴迷地把眼睛放在一片紫色的郁金香上。这些花瓣都已张开，女王一般恣意开放，美得纯粹，动人心魄！我钟爱紫色，认为紫色是世界上最美丽的颜色。紫色的花神秘、浪漫，有与众不同的气质。

其实，郁金香是由欧洲一些国家传入中国。唐代诗人李白的《客中作》有这样的佳句："兰陵美酒郁金香，玉碗盛来琥珀光。但使主人能醉客，不知何处是他乡。"因此，有些人认为唐朝时就有郁金香了，并且能得到大诗人的赞美。其实，这是一个误解。"兰陵美酒郁金香"是指用中

114

药材"郁金"泡制的一种美酒，其味道特别醇香。

一对情侣正徜徉在郁金香的花海里，拍摄婚纱照，女的一袭白纱，男的西装革履。看起来一个活泼漂亮，一个风度翩翩，与这些花儿极其相称，也只有这片郁金香才能配得上他们。霞姐轻轻地对我说：看呆住了吧！两个人，一片花海，多和谐呀！愿他们的爱情像这些象征爱情的郁金香一样，每年都开得这样美……

看花人告诉我们，郁金香已经开了一个多月了，这一大片，应该是今年最后的郁金香了。我们在心中惊呼：幸亏没有错过，错过了，再想看郁金香，就要等到明年了。在回去的路上，天突然下起了大雨。我心中还在挂念，经过这场大雨的冲洗，不知道那些花瓣儿，又落了几何？

此后的一些日子，心中总有一丝牵挂：那些美丽的郁金香，想必已经谢了吧。岁月更替，花开花落，是自然规律，谁也无法挽留。但是，美丽的郁金香，却永远开在我的心间。

菊花，岁月里的一味清冷

站在那片花海中，我仿佛忘了季节。

正值深秋，昨天还在白河岸边，看见了散落一地的黄叶。看见了入秋后，冬青树那浓郁的绿色和紫溜溜的果实；看见了那些可爱的小朋友，被套上棉衣御寒。一切都是冬的味道。偏偏这些菊花，却开在秋末这样的时光里。同样是花，百花却在春天里盛开，争奇斗艳。而菊花，却在这百花萧杀的季节里，孤傲地绽放。在这样的季节里看菊花，感觉自己也有一点孤傲。是的，冷冷清清的花园里，只有我孤独的身影。

园子里，各色菊花竞相开放，有粉红的、大红的、红白相间的、黄色的、白色的，最奇异的是几株绿色的菊花，格外与众不同，想必是菊花中名贵的品种。除了颜色之外，菊花的形状更是多样，有球形的、圆形的、线形的，形状各异。还有小朵菊花拥挤在一块，花团锦簇的样子。还有不见叶子、花开满盆的金菊，看起来雍容华贵。

菊花的摆放，也颇有讲究。一个品种一个方阵，不同的品种，摆出不同的方阵。摆弄菊花的人，真是别具匠心，用菊花做出这么多造型。

那片布置在人工湖周围的菊花，小山一样，上面还用不同的花束做成字的造型，别具一格。菊花的倒影，在清澈的湖水里，相映成趣。善于发现美的摄影师，他们扎着马步、弓着腰，把美用镜头拍摄下来，把一时的美景变成永恒。

在花园里行走，浮动的暗香，扑鼻而来，一阵接着一阵。好香啊！这香，除了芬芳之外，还有一种特殊的香味，淡淡的药香。这里的菊虽不及野菊花的药香浓郁，但是那种特殊的味道，轻易就被我捕捉到了。我贪婪地吸了几口，是那样舒畅。我知道，记忆中的花香，永远荡漾在心中。

顺着走廊走，我发现一些培育好的菊花，开得精神抖擞，种在小花盆里。花盆精致可爱，一看就是适合养在家里或者办公室的。我赶紧去问：这菊花多少钱一盆？看花人笑着回答：这是给大家观赏的，不卖。回过神儿来，我不禁哑然失笑：这儿是菊展，菊花自然不会出售。突然觉得，自己是那么的俗气，看到菊花美，便忍不住想拥有。殊不知，爱美之人，又何止自己一人，若都有此想法，哪来这么美的花的世界。

菊花是中国十大名花之一，有花中四君子（梅兰竹菊）之称。在植物分类中，属菊科，多年生宿根草本植物。菊花不仅是著名的观赏花，还是一味中药，有散风清热、平肝明目、清热解毒的功效。

史书上记载的菊花，多属田野或山上生长的野菊花。我的家乡是平原地区，野菊花就开在小河渠边的土坡上。每逢农历的九十月份，黄爽爽的菊花，争先恐后地绽放，像一条黄丝巾缠绕在河渠两岸。那些怒放的菊花，用一抹明黄，回报大地的恩典。

我一直清晰地记得，童年时代，放学后去河渠上采菊花的情景。那时我十二三岁，村里的玩伴春梅带着春兰我们，和几个大哥哥一起，去采菊花。母亲独具匠心，缝制的袋子有个背带，能像书包一样背在身上，这样可以双手去采菊花。到结束的时候，自然会比别人采的菊花多，用双手采花的优势便显现出来了。

现在想想，母亲是智慧的，她勤俭持家，经常说：吃不穷、喝不穷，打算不到才是穷。在采菊花的这件小事儿上，她就能在一个布袋子上考虑周详。我得了采菊花的冠军，欢欣鼓舞地回家，在家人面前炫耀一番。

每天采的菊花，经太阳一晒，体积一点点地缩小。母亲高兴地说，你看看，今年的菊花真好，香味也正，够给你奶奶做个枕头了！便掺上荞麦皮，做成一个精致的菊花枕。母亲说，菊花枕清热明目，好处大着呢，给奶奶送去！

母亲对奶奶的孝心，时时地感动着我。菊花枕，其实只是一个媒介，传递给我的却是一种美德。直到今天，母亲的菊花枕，依然深深地影响着我。母亲还喜欢拿菊花泡茶给我们喝，怕菊花太凉伤胃，母亲在茶里加上两枚红枣。那种甘甜的滋味，是母爱的滋味。

菊花枕的功效，大概能持续一年之久，到了来年，就需要更换新的菊花。所以我们每年都要采摘新鲜的野菊花晒干，更换枕芯。有时会天真地想，我们这样年年采，菊花会不会被采完呀？可事实证明，我的担心是多余的，每年秋天，菊花还会和往昔一样，开得齐齐整整，精神抖擞。后来，几个采菊花的女孩慢慢长大，爱美之心，人皆有之，每年采菊花时，有的采一把带叶子的菊花，拿回去插瓶养着；有的把菊花编成花环，戴在头上或脖颈上，互相评说一番。透过一朵朵黄色的菊花，我看到的是小女孩羞涩的成长过程。

菊花有高风亮节的气节，顽强的生命力，历经风霜依旧坚挺，有种傲然于世的感觉。它隽美多姿，然不以娇艳姿色取媚，却以素雅坚贞取胜，盛开在百花凋零之后。人们爱它的清秀神韵，更爱它凌霜盛开，西风不落的一身傲骨。

历代文人骚客都喜欢借菊咏怀。如晋陶渊明的"采菊东篱下，悠然见南山"；元稹的"不是花中偏爱菊，此花开尽更无花"；李清照的"东篱把酒黄昏后，有暗香盈袖"；黄巢的"飒飒秋风满院载，蕊寒香冷蝶难来。他年我若为青帝，报与桃红一处开"。表达了文人对菊花的赞扬、喜爱之情。

1929 年，毛泽东正处于人生低谷，他黯然离开了红军的领导岗位，不久，又患了严重的疟疾。但"劫"后重生的毛泽东却深入农村继续领导土地革命。这年的 10 月，他在闽西山区，面对漫山遍野傲霜怒放的野菊花，吟咏了一首千古绝唱："人生易老天难老，岁岁重阳。今又重阳，战地黄花分外香。一年一度秋风劲，不似春光。胜似春光，寥廓江天万里霜。"在肃杀的秋风、惨烈的战火中，年轻的革命家尽展浪漫主义情怀，手捧一束浓香馥郁的灿灿野菊，俯瞰江天万里。这是怎样一种举重若轻，大气而从容的风范！

人生得意时，总是花团锦簇。但凡美好的亲情、友情或爱情，都需要大智慧和倾心经营，方有趣味。人生得意须尽欢，但难免有失意的时候，与孤独和寂寞相伴。因此，要像菊花一样，耐得住清冷，不与百花争艳，努力提升自己，在漫长的岁月中，尽情怒放，盛开出自己的一片天地。

菊花的美，菊花的风骨，是需要懂得的人钟情，那些不懂她的，都随风去吧。秋来百花杀尽，菊花却凌霜而开。可见菊花的与众不同。也许，菊花仙子听说我爱菊花，一定会来与我相会。

那时，定然一诉衷肠。

淡紫色的约会

　　木槿花的紫，是那种令人心醉的紫。淡淡的紫色，泛着红晕，如繁星装饰着天空一样，星星点点地开了一树。冷不丁地一抬眼，就看见这一树的繁花似锦。

　　我们单位的院子里，种了几株木槿树。一开始我并不认识，只是在书本里看到过木槿花的介绍，所留印象甚少。单位院内搞绿化的时候，因工作职责，也曾参与其中。我就是在那时，认识了很多种花花草草。诸如雪松、黄杨、五角枫、红叶石楠、紫叶李、合欢、小叶女贞、红叶碧桃、玉兰、樱花、海棠等。木槿也是其中一员。

　　我的家乡属中原农村，小时候常见的树木大都是杨树、榆树、柳树等。花草种类见得不多，常见的花草多是指甲花、鸡冠花、野菊花、紫色地丁、鸢尾花等一些野花野草。在那个物质匮乏的年代，这些植物，承担着农人们的精神需求。现在都市人干事业累了，心情不好了，就出去看看山水，赏赏花草。但我的祖父辈和父辈们，对花草绝对没有这样的闲情逸致。他们就是去田地干农活累了，吃饭的时候靠着树能乘个凉罢了。至于指甲花之类，对于他们，只是一味草药，身上疼了，用指甲草泡酒，以此缓解疼痛。精神享受方面的功能，基本忽略不计。

在赏花季里，各种花儿争奇斗艳，争相把最美的姿态盛开在春光里。偏偏那些日子，因为一些琐事，误了看花，春天像风一样地走了，没有留下一片云彩。我不由懊恼，今春怎么就错过花期啦！那一日下午，在单位加班，窗外下起了淅淅沥沥的雨，索性就等雨停了再走吧。初夏的雨，下罢之后，微风送凉，院内格外的清静，天空弥漫着清新的空气，就在这时，我偶遇到了这一树深深浅浅的木槿花。原来我没有错过花期啊，而且是我喜欢的淡紫色。

我不知道，该如何表达这一刻的情愫，只是满心欢喜。我把鼻子凑过去，想闻闻木槿花的味道，却是一种淡淡的、若有若无的香味。我伸手摸了摸她的花瓣，也是柔柔软软的，跟她的枝条一样。我想，木槿花这么美好，在仙班，木槿仙子一定是一位身着紫衣、风姿绰约的女子吧。

木槿花的营养价值极高，含有蛋白质、脂肪、粗纤维以及还原糖、维生素C、氨基酸、铁、钙、锌等，并含有黄酮类活性化合物。在煮稀饭的时候，放上一些木槿花蕾，食之口感清脆；完全绽放的木槿花，则食之滑爽。木槿花要是能在我的家乡盛开，我的祖父辈们，也能尝尝这些鲜美的味道了。利用木槿花制成的木槿花汁，具有止渴醒脑的保健作用。高血压病患者常食木槿花汤，具有良好的食疗作用。

而且木槿树的枝条柔软，听说在种植比较多的乡村，用它当篱笆。种植一排木槿树，然后把枝条散开，就扎成一排密密麻麻的篱笆墙。我没见过这样的篱笆墙，我闭上眼睛想一想，开着一墙的花儿，翠绿中，一朵朵的淡紫色，该是怎样的盛景啊！要是能在篱笆墙的边上摆上一张方桌，泡上一杯香茗，捧上一本闲书，该是多么惬意。唐朝诗人戎昱写过一首《题槿花》，诗曰："自用金钱买槿栽，二年方始得花开。鲜红未许佳人见，蝴蝶争知早到来。"若是翩翩的蝴蝶也来凑趣，那这满墙的木槿花定然也不寂寞了。

我站在木槿树边出神，不觉间，天就暗了下来。于是，依依不舍地告别了木槿花，驱车回家。偏就在医院，遇到那位紫衣姑娘。母亲这几日在医院住院，她劳累了一辈子，老了，身上的毛病就多了起来。糖尿病引发的白内障，必须用手术的方式才能解决。母亲一生爱操心，脾气急躁，此刻在医院，病痛让她心情烦躁，血糖忽高忽低，不利于手术。就是这位护士姑娘，说话轻轻柔柔的，如春风化雨一般，令母亲紧绷的心慢慢地舒展开来，血糖也稳定下来。在医患关系紧张的今天，能在医院遇到这样一位护士姑娘，是母亲的幸运。这位姑娘的美好和善良，让我看到了木槿仙子的模样。

清晨，我又去看木槿花。想去寻找昨日那一朵，却不知道是哪一朵。还是一树的繁华，一树的淡紫色。忽地，我又看到树下掉了一地枯萎的花苞。莫不是昨夜有风雨摧残？昨夜也无风雨啊？莫不是自然凋谢，那凋谢得也太快了吧？何况今晨又开了一树，我赶紧拿起手机上网去查，不禁哑然失笑。

还是自己知识不够啊！原来木槿花是只开一天的花儿，朝开暮落，因树枝上会生出许多花苞，一朵花凋落后，其他的花苞会连续不断地开，像永远开不完一样。所以在有些地方，又把木槿花叫无穷花。红楼梦里黛玉极具才情，悲天悯物，她看到花儿凋谢，就忍不住流泪，就像一个人失去了生命一样悲伤。于是她背起锄头，心情沉重地把这些花埋葬了，还会在心中默默祈祷，希望这些花儿在地下能够安然。黛玉是直率善良的，我深深地心疼着她，若是在今朝，我亦会劝她，少些伤感，因为每一次凋谢，都是为了下一次更绚烂地开放。就像太阳不断地落下又升起，就像春去秋来四季轮转，却是生生不息。

我看到木槿花的花语，是温柔的坚持，不禁对她又有了知己一样的情怀。这也像极了我的性格。木槿花虽不强悍，但有着坚韧的性格。更像是爱一个人，也会有低潮，也会有纷扰，但懂得爱的人仍会温柔地坚持。因为他们明白，起起伏伏总是难免，但没有什么会令他们动摇自己当初的选择，爱的信仰永恒不变。

晨光中的木槿花，她闪耀着光芒，是温柔的光芒，是令人舒心的光芒。走过岁月的春夏，走过寒冷的严冬，走过纷繁的时光，不论岁月如何变幻，我仍然期待着，与木槿花来一次紫色的约会。

飘落的花瓣

路的两边分别种着白玉兰和红玉兰，到了春天，她们开始竞相开放。白的像丝绸一样，泛着亮光，微微夹杂着一些淡黄；红的热情奔放，嫣红中泛着紫色，很是艳丽。两种颜色的交融，给人带来一种视觉上的享受。

我看看这边的红，又看看那边的白，忽然就想起张爱玲笔下的红玫瑰与白玫瑰，想起了她文章的开头部分：一个男人的一辈子都有这样两个女人，至少两个。娶了红玫瑰，久了，红的变成了墙上的一抹蚊子血，而白的还是"窗前明月光"。娶了白玫瑰，白的便成了衣服上沾的一粒饭黏子，红的却是心口上的一颗朱砂痣。

张爱玲的这句话，后来成为脍炙人口的爱情名句。红的成了一抹蚊子血，白的成了一粒饭黏子，哈，多么讽刺！而此刻我眼前的白玉兰和红玉兰，看着那么美好，她们会不会也有变成饭黏子和蚊子血的那一日呢？我不禁悲伤起来。

有人将爱情比作火焰，细细一想，这个比喻是如此的贴切。爱情热烈而奔放，和火一样的贪婪，一点一点地蔓延，残酷地消灭结实的原料，来获取光明和热量。爱情像野火蔓过了人的一世，曾经娇艳的、浪漫的、欢愉的、狠毒的、悲哀的心都烧成灰烬。这一世的爱情的心，便如死灰一样，再也翻不起什么波澜来了。

上午八九点钟的太阳，柔和而明亮。阳光抚摸到玉兰花的时候，小心翼翼的，生怕弄痛了花瓣，触碰到花蕊。眼前这白的红的花儿，在我眼前慢慢地幻化，成了一张张美人脸。

明月是我的小学同学。十几年未见，突然来电话说想见面聊聊。在我的记忆中，她比我结婚早，嫁得不错，先生是位医生，夫妻档开了家诊所，在南阳周边的一个县城里生活。

我们约在一个幽静的餐厅里，厅里布置得挺雅致，播放着轻柔的音乐。正午的阳光透过蓝色的玻璃，照在精致的餐具上，显得温暖而洁净。明月静静地坐在我对面，一如我记忆中的样子，真实不做作。十几年未见的朋友，见了面，却没常有的客套寒暄，反倒在我心中，与明月的感情拉近了许多。

"小峰，这两年，我经历了很多。"明月直接进入主题，没有任何遮拦。我看着她的眼神，示意她说下去。我知道，能以这样的状态来叙述的时候，她已经不太在意事件本身了。

"我以后打算在南阳生活，我们见面的次数会多起来。"我点了点头。上学的时候，我和明月就是少有的几个能谈得来的玩伴。直觉告诉我，明月没有被生活改变，还是原来的那个她，我们应该还能继续做朋友。

小四十岁的明月，身材没有发福，脸庞长得不太惊艳，但绝对是耐看型的。她算是个美人，但美得不张扬，看起来很舒服。我看着她慢吞吞喝水的样子，心中却在想着她到底经历了什么？让她舍弃了县城里的家庭，只身来到南阳。

"你还记得小时候，经常跟在咱们后头跑的红艳吗？"明月突然问道。

"当然记得了，那不是你妹吗？小姑娘现在怎么样？"

明月接茬回答："哪是我妹？只是一个庄的，同姓。"

"她怎么了"我问明月。

"她——"明月叹了口气，迟疑了一下，说："她，破坏了我的家庭。"

"啊？什么？"我倒吸了一口凉气，有些意外地看着明月。

"是的，四年前，我看她的日子过得不太好，她老公去南方城市打工，孩子又小，她找到我，想让我帮她找个工作，挣点工资补贴家用。我念着从小的情分，正好家里的诊所需要个抓药的帮工，就让她过来帮忙。"明月平静地说着，端着茶杯喝了一小口，用中指捋了捋耳边的头发。

"她来了之后，吃住都在我家里。我像亲妹妹一样待她，生活中也不分彼此，谁知道出了这样的事儿，我真失败！"明月苦笑着。

狗血一样的剧情！听到这里我大致猜到了怎么回事儿。大概农夫和蛇的故事，在明月身上重演了！

正说着，服务生来送餐，简单的两份牛排。褐色的牛排上浇了黑胡椒汁，香味扑鼻。牛排的旁边放置了一个煎蛋、两块西蓝花，和几片被切开了的小番茄，颜色搭配不错，我招呼明月边吃边聊。

说话的时候，我又习惯性地观察明月，她乌黑的头发，白皙的脸庞，红红的嘴唇和洁白的牙齿，文静、优雅、知性，给人一种端庄之美。明月，她就像玉兰树上那朵纯洁的白玉兰，静静地开着，散发着阵阵幽香。

"我不知道他们是从什么时候开始的，直到两年前被我发现，那一瞬间，我感觉像天塌了一般。"她说："起初，为了孩子和名誉，我选择了原谅。可是到后来，我越来越发现，我迈不过去心里的那道坎，原谅不了男人的背叛。所以在去年年底，我们分开了。"

"那孩子呢？跟他谈了吗？"

"孩子今年上大二了。去年暑假的时候，我跟他谈了，他表示尊重我的意见。还安慰我说不会因为我和他爸的事儿，影响他的学业。"

"真是个懂事的好孩子！"

"是啊，这也是我比较欣慰的。"明月深深呼了一口气，接着说："因为红艳在我家的事儿，她娘家的母亲觉得难堪，打骂她，可她拗着不认错，她母亲气得中风了，现在还躺在病床上起不来。去年她听说我俩分开了，便慌慌张张地回去同她先生办了离婚手续。那人便和她凑在一起过日子，谁知好景不长，两个人到底没有感情基础，经常吵架，最终又闹得分道扬镳了。"

我知道明月说的那人是谁，那人就是她的先生。她不原谅他，连他的名字都不肯直呼。明月是被他伤着了。

"好，我赞同你的做法。余生很短，只要你不愿意，就不去将就。"

"嗯，现在想来，还庆幸我离开了，这样也避免了再和他们纠缠那些烂事儿。年前我有两个在南阳的同学，邀请我加入他们医院。他们新获批了一个重点实验室，缺乏技术人才，我的专业正好对口。我也挺感兴趣，在那里，能发挥我的专业技能，所以我就答应了，前两天才办了入职，这算稳定下来了。"

一个中午，她的诉说没有掺杂太多的情绪，一直是轻声轻语的。我很少发问，一直在静静地倾听。至此，我们的餐吃好了，她的故事也讲述完了。我握着明月的手，稍稍用了些力，有些心疼、有些安慰、也有些鼓励。明月感受到了我的情绪，轻声地说："放心，我没事儿。"

我们一起走出了餐厅，一阵微风吹过，吹散了明月额头的秀发，我伸手帮她梳理了一下，她与我眼光对视，莞尔一笑，感叹道：外边的春光真好。

是啊，春光真好，莫要辜负！明月是不幸的，她在爱情里受到了伤害，她本像白玉兰一般的纯洁无瑕，如果不是因为这样的挫折，生活于她，会一直平顺下去。她也是幸运的，遇到了事情，她能适时看清楚，理智地处理问题，于她以后的人生，何尝不是一种经验！

"你还会相信爱情吗？"我问她。

她迟疑了一下，答道："会吧！之前我遇到的问题，不是爱情出了错，是选择的错！"

春光如许，阳光明媚，棵棵玉兰树长得精神，白玉兰和红玉兰花儿还在枝头开放，但在我的眼中，她们已不是同样的玉兰。如同世间的凡人一般，有的高贵典雅，有的低俗无趣，有的内涵丰富，有的肤浅贫乏。爱玲的爱情名言我倒是有些不认同了，如明月一般的明月光，怎么会成衣服上沾的一粒饭黏子呢？

而生活于红艳，或许年少时的她，也曾像红玉兰一样美丽。但当她自私、愚蠢的行为暴露于世人眼前时，她的美丽已然不再，那曾经的美好，也一点点地消失殆尽。

第四辑　散漫地走寻

　　曾经有文人说过：在这个薄情的世界里，我们深情地活着。这个世界薄情吗？不，你觉得他薄情，他就薄情；你看他深情，他其实也深情。只是你看他的角度不一样、你的心境不一样而已。你看老头老太活得辛苦，你悲天悯人，你甚至怀疑人生，可你怎知，老头老太内心的安详与幸福？因为他们有可爱的小孙孙，他们看到了未来，看到了希望，能为他们的孙子遮风挡雨，在他们看来，是值得的。——《雨中，那抹淡淡的愁绪》

黄昏，潜藏在心底的一抹柔情

　　每当黄昏时刻，无论是漫步在小路，还是驾车走在人潮中，看到一扇扇亮灯的窗户，心中就会有一抹柔情升起。我喜欢看夜幕中的人流、远处星星点点的路灯。当然，最喜欢看的，还是一扇扇窗户内散射的亮光。

　　每一盏灯光下，都有一个家，无论家里发生着怎样的故事，或幸福，或不幸福。幸福的家庭自然相同，不幸的家庭却各有不同。或者单身父母领着孩子；或者家中有重病的亲人；或者因经济拮据焦头烂额的；或者有夫妻不和同床异梦的，等等。但无论情况如何糟糕，每到黄昏时刻，他们也会回家。即使外边有应酬，也会拿起电话，跟家里汇报一下行踪。也许就是人心底的那一抹柔情，会让人有所牵挂。

　　我当然也不例外。我是个典型的上班族，晨起上班，至晚方归。黄昏时刻，我会拎着给一家人做饭的材料，欢快地回家，麻溜地做上一顿晚餐。晚饭过后，就是我最喜欢的独享时光了。一般这个时候，夕阳开始西下，云霞映着落日，天边酡红如醉，衬托着渐深的暮色。那赤色映照在白河水上，仿佛水也变红了。一阵微风吹来，河水泛起阵阵涟漪，如同反光镜一样，波光粼粼。随着暮色层林尽染，眼前的树木也会随着微风轻轻摆动，送上一些独特的香味。

在古人的眼中，黄昏和夕阳是一对搭档，似乎是伤感的，容易让人滋生愁绪。大诗人李商隐曾在《登乐游原》中写道："向晚意不适，驱车登古原，夕阳无限好，只是近黄昏。"诗人认为，即使夕阳无限美好，也会转瞬即逝，最终消失在茫茫的夜幕中。这种消极的想法可能跟其不得志的一生有关。

在我看来，黄昏是美好的。他是自然时光的变换，如同人的生老病死一样，属自然规律。我们只需好好欣赏当前的美景，无须在意是否持久。换种角度来说，是因为每日黄昏的时间比较短，才显得弥足珍贵。走在黄昏的路上，总爱想这一天见到的人、发生的事儿。想着想着，心会变得格外的平静。

随着年龄的增长，不由自主地，总会想很多事儿，还会发一些感慨，总爱在黄昏的时候，在外边静静走走。在寂静的傍晚，常常想起乡下的童年时光。那时候，最让我高兴的，就是黄昏时刻了。

我是在农村长大的，记得小时候，农人们吃饭很早，那时候没有电，做饭晚了，还要上灯，就趁着天亮，早早地吃了饭。然后凑到村子东头的场里（打麦用的场）拉家常。在我的记忆里，夏天的傍晚似乎更长，大人们坐在场边说笑乘凉，整个场里，就成了我们这群小孩的天堂。奶奶打着蒲扇，给我们讲故事：王莽撵刘秀、大姑冢、穆桂英挂帅等。戏文里的故事，让我们这群孩子听得入迷。后来我想，因为当时物质生活匮乏，没有手机、电视机、收音机，甚至是图书都很少见到，所以听故事是那时黄昏生活的乐趣之一。

春兰和春梅是我儿时的玩伴，她们是一对亲叔伯姊妹。因为白天要上学，不上学的时候要去地里帮父母干农活，黄昏才是我们的幸福时光。

晚上一吃过饭，春兰春梅就来我家喊我去场里玩。那时的月亮特别的亮，这边太阳刚落山，那边月亮就升起来了。春梅就在场里疯跑，嘴里还唱着：月亮走我也走，我送阿哥到村口……，我和春兰也跟在后头边跑边附和着，一直跑到月光洒满整个麦场，亮堂堂的，连奶奶掉了牙齿的嘴巴和笑起来眯成线的眼睛都看得清清楚楚。

除了疯跑唱儿歌，我们还做游戏。春梅会得特别多，我和春兰基本都是她的跟班。小孩多的时候，春梅教我们老鹰抓小鸡、藏老幕（捉迷藏）、砸沙包、抓子儿；后来再大一点，她又教我们蹦房和跳皮筋。那时候春梅就是我心中的偶像，她游戏玩得极好，而且特别投入，玩得很疯。每次次做游戏，我都盼望着能和春梅一组，这样才能次次赢得比赛。

场里的地面是平坦的，地上有零零散散的麦秸秆，在月光的照耀下，明晃晃的，踩在脚下，舒服极了，欢声笑语也洒了一地。空气中弥漫着醉人的芳香，麦秸秆被碾轧后特殊的香味、玉米成长时发出青青的味道，还有渠沟里水草和河水的腥味混合在一起，这是儿时的味道。青蛙呱呱的叫声，庄稼生长拔节的声音，老人们拉家常的话语和孩子们欢笑声响在一起，这是儿时的声音。这种味道，这种声音，现在再也听不到了。记忆早已停留在儿时的黄昏里。

美好的时光总是短暂的。我们能尽情玩耍的时间也过得飞快，转瞬已到深夜，却忘了归家。每天晚上，我们总是在春梅她爹的责骂声中结束。她爹属于那种脾气特别暴躁的人，说春梅没个女娃儿样，人来疯。不分场合地嚷她，甚至打骂她。小时候的春梅好像没受啥影响，照样和我们一起玩笑打闹和游戏，可是长到十二三后，她就变得寡言了，目光浑浊，还莫名地嘿嘿笑。老人们都说：春梅妮儿是被她爹打楼（傻）了，真可惜呀！前两年我回去，听老人们说，春梅嫁人了，嫁的那个人跟她一样，缺心眼，两人生了个孩子。那家人嫌春梅傻，光打她，春梅就跑了。后来隔了几年，才听说她跑到东边邻乡，又嫁人了。她现在过得好不好，我不知道，也没去考证。只是想到儿时明艳的春梅，心里就无端生出一丝忧伤。

春兰也和她的叔伯姐姐一样，小学没有上完就休学了，在家里帮父母干点农活。到了婚龄，早早就嫁给邻村的一个小伙子，守着几亩田地过日子，听说有了三个儿女，大女儿都快出嫁了。好多年没见她俩了，估计岁月的风霜早已染白了她们的头发，皱纹也悄悄地爬满眼角。而我，也不再年轻，不仅有容颜上的改变，内心也从一个懵懂少女成为烟火气十足的中年妇女。

一阵晚风迎面吹来，身上凉飕飕的。一群孩子在河边的空地上练习架子鼓，鼓声打断了我的思绪。他们身穿白上衣，黑色短裤；女生是背带裙子，一个个稚嫩的脸上挂着快乐。他们动作娴熟，有些演奏家的范儿。这些孩子看起来七八岁的样子，和当年的春梅春兰我们一样的年龄。他们的快乐，在黄昏的白河边弥漫，感染着我。不同的是，他们和我们隔了一个时代，与那个时代我们有点原始的游戏相比，不可同日而语。

此刻，夜已来临。抬头望着远处高楼上一扇扇亮灯的窗户，联想到一个个幼小的生命，慢慢地长大，变成一个家庭，融入社会。就像眼前这群孩子，若干年后，也会像我一样，在某一个黄昏里，回忆心底的那一抹柔情。

雨中，那抹淡淡的愁绪

雾蒙蒙的天空，又飘起了细雨。丝丝缕缕的细雨，打湿了我的脸颊，顺着发丝缓缓地流到衣服上。好多年，我已经不喜欢淋雨的感觉，可今秋，我又固执地淋了一回。

泛黄的杨树叶落在地上，淋上了雨水，踩上去有点滑。抬眼看杨树，屹立在风雨中，树叶已经落下大半，树枝随风摇摆，树叶纷纷坠落。杨树像位迟暮的老人，不知道叶子落下的时候，它会不会疼？也许会疼吧，离开树枝的那一刻，会有痛感的，但只是瞬间，当它与泥土融为一体时，便有了一种回归的愉悦。

树下的葛巴草，也褪去了绿色，黄黄的样子，毫无生机。站在秋雨中，她有点麻木，任凭秋雨恣意地抚摸，她却懒得搭理，一味地沉浸在自己的心事里。潇潇的细雨，似乎是她无声的倾诉，仿佛在说：别理我，别理我。

秋天，满眼萧条，让人滋生愁绪。秋雨，打在脸上，冰凉，心也慢慢变冷。秋风，刮落了黄叶，也刮透了身体。风弥漫的愁绪，越来越浓，飘零的落叶，让我想到了人的生死。人该活多大的寿命，真的是从一出生，就注定好的吗？我想是的，世上的万物，再坚强的生命，也逃不脱四季轮回。

我熟悉的一位大姐，就在这样的秋天里，在瑟瑟的秋风和连绵的秋雨中，永远地离开这个世界。像这如雾的细雨，悄无声息地来，悄无声息地走。我常常想：我这么喜欢她，大家也这么喜欢她，难道上帝也喜欢她，把她带走了？

人生无常，就像如期而来的秋。前些天还是艳阳高照，草色青青，突然天就阴沉沉的，紧接着就是细雨霏霏，冷风吹彻，落叶满地。我不喜欢雨，我觉得，雨总是与忧伤或者忧愁联系在一起的，雨中，飘洒着淡淡的愁绪。

看到脚下的落叶，我想起了李清照的词："……三杯两盏淡酒，怎敌他晚来风急？雁过也，正伤心，却是旧时相识。满地黄花堆积，憔悴损，如今有谁堪摘？守着窗儿，独自怎生得黑？梧桐更兼细雨，到黄昏，点点滴滴。这次第，怎一个愁字了得！"淡酒、飞雁、黄花、梧桐、细雨、黄昏，一景一物，充满了情感色彩，营造出凄清、寂寞、愁苦的意境。易安杯中酒，蕴含了世间太多的情愁；易安的雨中，飘洒着无尽的愁绪；易安的黄昏，是那么的孤独与伤感。

秋雨还在淅淅沥沥地下，雨中，一个老汉骑着三轮车冒雨前行，车上坐着的，是他老伴儿吧，用雨伞遮着小孙子，自己倒淋湿了大半。一阵秋风吹来，几乎刮走了雨伞，老伴使劲地拽着，雨伞产生的阻力和摆动，让三轮也有些晃动，老汉赶紧下来推着车前进。老汉和他的老伴，两人头发都已花白，他们还这么辛苦地活着。也许，当他们看到怀抱中的小孙子，他们觉得，这样的辛苦，也是一种幸福吧。

曾经有文人说过：在这个薄情的世界里，我们深情地活着。这个世界薄情吗？不，你觉它薄情，它就薄情；你看它深情，它其实也深情。

只是你看它的角度不一样、你的心境不一样而已。你看到老头老太活得这么辛苦，你悲天悯人，你甚至怀疑人生，可你怎知，老头老太内心的安详与幸福？因为他们有可爱的小孙孙，他们看到了未来，看到了希望。能为他们的孙子遮风挡雨，在他们看来，是值得的。

你相熟的亲人朋友，离开了你，你悲从中来，仿佛世界都变成了灰色。可你怎知，如若他继续留下，可能要承受更大的痛苦，他走了，可能要去过另外的一种生活。凡事随缘，不可强求。

你看到叶子离开了树，你就看到了别离。你特别不喜欢离别，你可能会怨恨风，你会固执地想：要不是风，叶子就不会离开树。可你应该知道，如果没有风，叶子也一定会离开树的。分久必合，合久必分，这是轮回，自然规律，谁也摆脱不了。

所幸，我的秋，也不全是灰色的。因为我认识了一个叫秋的女子，她给这个秋天，带来一丝鲜活，带来一丝鲜艳，带来春天般的色彩。

秋是美丽的，她开了一个花坊。在她的那个小世界里，满屋花香，各色鲜花，竞相开放。仿佛把春天留在了这里。花坊被她打理得错落有致，角落里放置着散着墨香的书，每个地方看起来都精致得像一幅画。我感觉，她过上了我想要的生活，与花香和书香为伴。每天，侍弄侍弄花草，读读书，写写字，谁说不是另一种世外桃源般的生活呢？

可是，我知道，她是辛劳的，花坊是要经营的，两个孩子是要照顾的，家务是要做的，爱人的事业也是要支持的。可她，依然把生活过得很有诗意，一切看起来井井有条。

在我看来，比之她的那些花儿，秋的美是另外一种意义上的美，是超越尘世之上的美。她如此地辛苦，可你还是看到她笑靥如花。她身上的那种品质叫我钦佩，也叫我喜欢。"等闲了，我们去野外走走？。"秋总是会这样说。"最近有点闷，我也想出去放放风。"我们总是一拍即合。到了野外，她会采上一把花花草草，收拾成最美的花束，摆上一个

POSE，通过相机，把身影留在这个秋天里。

　　想到了秋，我眼前的秋雨，似乎有些诗意了。雨丝落在脸上，温柔了许多。地上的黄叶总是要归根的。至于树，他要冬眠了吧，储藏养分，明年发出更新绿的枝丫。葛巴草要休息吧，他睡醒了，明岁的春风还会把他吹绿。老头老太脸上绽放的笑容，像迎霜开放的菊花，老则老矣，儿孙是他们生命的延续，他们也很幸福吧。

　　秋天，总是那样令人伤感。昨天还弥漫着生命活气的绿叶，蓦地变得煞黄煞黄的……秋，就是这么一个令人伤感的节气。我把心事儿放在秋意里，随秋风飞去吧。

清晨，一朵盛开的白莲花

大地上薄雾升起，东边天空开始泛白，清晨来了。这时候，世界上的一切，都是新的。如初生的婴儿般粉嫩，似嫩芽般富含生机。她更像一朵盛开的白莲花，纯洁无瑕。

黄昏或者清晨，我喜欢散步。与我而言，散步不仅是为了锻炼，更多的是一种习惯，是一种心情的释放。我家离理工大学很近。清晨，我常去那里走走。走着走着，就喜欢去晨曦中的校园。我常觉得自己感性，很容易就喜欢上一个人，或一种事情，抑或一种情景。比如，校园内的绿树、荷花、曼妙的少女、阳光的小帅哥。

树是碧绿的，卫士一样杵着，经过了一夜的休息，他们精神抖擞，晨风划过树梢，树叶发出一阵阵优美的歌声。草坪上的草是碧绿的，一株株小草探头探脑，打量着这个世界，俏生生的叶尖上，挂着晶莹的露珠。几株月季，就扎根在草坪上，是改良过的树桩月季，枝繁叶茂，十几朵月季花同时怒放，暗香浮动。真真成了一幅清晨美景图。

走着走着，就来到了荷花池畔。是的，校园内真正吸引我的，就是这一湖的莲花。我闭上眼睛，用鼻息来感受荷花的幽香。风随心动，清幽的荷香瞬间占据了我的心田。那一朵朵白莲花，像极了一个个十五六岁的少女，身着白衣，翩翩起舞。她们的脸蛋娇羞而纯洁，明艳而动人。看着看着，我就想，怪不得古书里会记载，某种树或者某种花变成树精或花精了，大抵也是看了树或者花，太喜欢的缘故，所以才编出那些个故事来。

　　清晨，阳光明媚；荷塘，一片碧绿。六月，荷花开得正艳，千朵万朵，从荷叶中钻出来，亭亭玉立，粉红嫩白，素面朝天。而那些含苞待放的荷花，像娇羞的少女，半掩在荷叶中，风过，娇羞嫩艳。看那荷花，不妖不媚，飘逸出尘，纯净优雅。蓦然看见，有一种圣洁的感觉。高洁的荷花，白如凝脂，白中带粉，粉中透红，如美人，略施粉黛，醉了观荷的人。清风拂过，绿的叶，白的花，摇曳一池雅韵。

　　突然，不觉想起江南水乡，亭台楼阁，小桥幽径，雕栏玉砌。亭台里，琴声淡雅，在荷塘上飘荡，醉了一湖荷花。荷塘里，一舟一桨一蓑笠，采莲的少女，一桨轻摇，没入荷花深处。此刻，一曲采莲谣，从荷塘里飘来，空灵幽远。

　　就在这时，耳边传来学生早读的声音。不禁想起明代东林党首领顾宪成撰写的对联："风声雨声读书声，声声入耳，家事国事天下事，事事关心"。东林书院是东林党人进行文化生活和政治生活地方，至今这幅对联还悬挂在书院旧址中。他们的读书声，在我听来，悦耳动人。我是羡慕他们的，他们在好的年华里，有好的条件读书学习，这本身就是幸福的事儿。

　　小芽是我在理工学院散步时认识的。她是理工大三的学生，用她自己的话说，就是一理科女。初认识的时候，一听她的名字我就笑：她爸妈咋给她起这样的名字，容易让人联想起豆芽菜。小芽人很开朗，五官说不上很精致，但看上去青春逼人。

看着生机勃发的小芽，没来由地，就想到清晨初升的太阳。小芽的脸，很纯净，看着看着，我又想起白莲花。小芽我俩很能聊得来，相处久了，就能敞开心扉。

那次，小芽问我：姐，你说什么是爱情？

我说：你这个问题太难了。你看古人对爱情的解读，多美：执子之手，与之偕老；愿得一人心，白首不相离，等等。多了去了。

我又问她：小妮子是不是恋爱了？

她大大方方地答道：喜欢我们系一个男生很久了，最近他向我表白了。我们说好了，一起努力学习，将来共同奋斗，过我们想要的生活！

小芽说这话的时候，她的脸微微泛红，眼睛明亮，话语坚定，充满对未来的向往。越发像一朵盛开的白莲。

微风吹过校园，像一双爱人的手，在我们的发际掠过。清晨的阳光，透过淡淡的云层，倾斜地照射在雨水过后的清荷上，闪着晶莹的光。我和小芽肩并肩，走在学院的荷花池畔，阵阵的清香沁人心脾。

我对小芽说：祝福你，但是你们现在必须以学业为重，只有学好了知识，才能过你们想要的生活。

小芽很以为然地点了点头，仰着脸说：我知道，一定要为爱情而努力！现在国家支持大学生创业，我们看好了项目，毕业前先试试水。金灿灿的阳光照在小芽的脸上，好看极了，像一朵含苞待放的白莲，在晨光中摇曳。

我不禁想起了自己的学生时代，上学的时候，我没有谈过恋爱，但第一次收到情书的事情，至今记忆犹新。那时候，我胆子小，属乖乖女类型的，在班级里，永远是坐前排的女生。

那是初三即将毕业的时候，一种离愁别绪在同学们中间散播。大家都不知道将来要进入哪个学校，也不知道以后能不能互相联系、经常见面。我们那时候流行写同学录。几乎每个同学手里都有一本同学录，上面写满了与每个同学想说的话，大家挖空心思，把极具煽情的话语，烙印在同学录上。同学录写好了，毕业照也照好了，等着中招考试后，就要分别了，想到相处三年的同学再也不能朝夕相处了，心中不免有种淡淡的忧伤。

就在那样一个温暖的早晨，初夏的阳光亮灿灿的，洒在操场上，也洒在一群稚嫩的孩子脸上。我们一众同学在操场跑完早操，回到教室，准备拿起课本早读。我却在抽屉里，在课本中间看到了一个叠成鸽子形状的信件。

没来得及多想，拆开一看，是我班一个男生写的"情书"。哈哈，现在想来真是滑稽，那时候的年龄，看见这个，竟然吓得心里扑通扑通狂跳，好像自己做了亏心事儿一样。里面的内容现在倒是不大记得了，只记得里面还写了一首打油诗，这男孩子也算用了心了。由此，这男生的名字和他的音容笑貌，就走进了我的记忆。

后来，当然没有后来了。在那样的年纪里，我们毕业了，后来各自上了自己喜欢的学校，天各一方地奋斗着自己的人生。一封书信，不足以改变我们的人生轨道，更不足以让彼此的生活有所交际。但那一刹那的心动，永远地留在了那个美好的清晨里。

校园是纯洁的地方，我曾经在毕业后，很多次做梦，在梦境里，又回到了校园。对校园的留恋和向往，让我日复一日地喜欢在校园内散步。清晨散步，常常遇到很多晨练的同学，他们或打乒乓球，或网球、篮球；或者跑步。我总觉得他们的姿态很美，脸庞好看。我总爱看他们朝气蓬勃的样子，看他们真诚纯洁的笑脸，就像一朵朵盛开的白莲花，骄傲地盛开在人生的清晨里。

在美丽的乡村行走

一

时隔二十年，我又站在这里。金华镇，依稀在梦中。

金华镇，隶属河南省南阳市宛城区。西接本区瓦店镇、黄台岗镇，南连官庄镇，北界汉冢乡。而我的家乡就是与之临界的汉冢乡，参加工作以后，数次回到家乡，却没有来到与之毗邻的金华镇看一眼。前段时间，喜闻金华镇被评为国家级美丽乡村，心底就有个声音对自己说：一定要回去看看，回去看看金华……

记得小时候，父辈们称金华街为南街。顾名思义，因为金华街在我老家的南边，所以叫"南街"。小时候好热闹，爱馋嘴。记得最清楚的，就是南街一年一度的街会。盼望着、盼望着，农历三月二十八的"南街会"到了。在春暖花开、草长莺飞的时节里，我们一群半大的毛孩子，会骑上很拉风的自行车，游走在绿树成荫的乡村小路上，去南街赶会。

142

不同于大人们，去赶会买些镰刀、桑叉、簸箕、扫帚之类，以备收麦时所用。当然，还会买些日常用品，以备生活所需。会上的商品琳琅满目，比平时要多上许多。小孩子们去赶会，则完全是逛、吃、玩。看见哪儿人多就往哪儿挤。

会上最好吃的东西，是水煎包。一个大锅台，盘在街上的某个角落，上面坐着一个大平底锅。锅台的后方垒着一个烟囱，远远地看见烟囱里冒出青烟袅袅。顺着水煎包特有的香味，一群馋猫样儿的小孩都被吸引过来。平底锅很大，大抵要两三个小孩环抱，才能抱住的样子。细白的面团堆放在案子上，包水煎包的人，并不用擀面杖之类。他们撕下一块面团，用手揉成一个长条，然后再撕扯成一个个小小的面疙瘩，之后用手掌在案子上一按，包子皮就做好了。娴熟地包上用肉、萝卜、大葱、粉条拌成的馅儿，一会儿的工夫，一个个水煎包就整齐地码在案子的一角。然后入锅，煎至微黄，翻过来淋上油，一直到两边都黄爽爽油噜噜的。香气四溢的水煎包，用牛皮纸包着，就送到我们的手里。轻轻地咬上一口，水煎包外皮脆生生，里皮软哝哝的，馅儿里的粉条入口都想化，肉团又鲜嫩可口。那种味道，那种感觉，让我如今一踏进金华街，就会想起当年排队吃水煎包的往事。时至今日，依然怀念！

街上赶会的人，络绎不绝，各色商品琳琅满目。街上还搭有各种舞台，唱戏的、玩杂技的、说书的，还有当时看起来很时尚的唱歌跳舞和放录像的。每一个地方都让我们流连忘返。现在想来，当时的金华，一派繁华景象。

那时候，对金华的了解，更多的是从奶奶口中的故事里得知。据说"金华"曾经住着一位公主，因公主长相姣好、爱护民众，就被群众尊称为"金花公主"。这就是"金华"名称的由来。后来我翻阅资料，这里曾经住着隋朝的一位"金花"公主。金华系隋炀帝长女南阳公主的食邑。公主"美风仪，有志节……以谨肃闻。"（《隋书·南阳公主传》）当地居民以其洁身自好，不与乃父同流合污，褒奖其为金花公主，立祠纪念。此地遂为金花。花与华同音，民国初年把金花镇改为金华镇，曾繁华一时。

除了金花公主，相传夏禹王也曾于此设部治水，疏通涧河（古时称谢水）、十里河造福万民。后人在涧河岸边禹王扎营地（今杨湾村境内）建庙纪念，今膜拜者仍络绎不绝。金华实乃是人杰地灵之所，历史文化源远流长。闭上眼睛想，在历史的长河中，日常可仰慕"金花"公主之美貌、沐公主之皇恩，金华居民何其幸也。当灾难来临之时，又有禹王来疏通河道，造福民众。可以说，金华是福地，一直以来，受到上天的庇护，人民安居乐业。

二

当车子从 312 国道拐弯，向金华镇驶去，走在路上，心就抑制不住地开始激动了。去金华途经汉冢，这条路是我小时候经常走的，此刻，重新又走一次，感觉自然与旁人不同。我不知道，这条路现在命名没有，但是，在心中，我已经给它起了一个名字——"金花路"。

走在金花路上，透过车窗，极目望去，都是平整的土地，大多种着玉米之类的粮食作物。但一进入金华境内，种植作物则以苗木、果蔬类居多。一排排的红叶石楠，卫兵一样伫立着，红红的叶子染尽了秋色。葡萄正是成熟的季节，葡萄树一排一排的，被葡萄架子和铁丝固定得极其有形，看起来每排的行距和株距都是精确计算过的。结出的葡萄都被纸袋包住，是保护果实的营养成分和防止鸟类的破坏。一些葡萄挣破纸袋露出来，远处看，葡萄粒大，紫溜溜的，有一种让人摘一串好好品尝的冲动。看到这样的场景，我想，葡萄园的主人一定也如这葡萄一样，美红了脸蛋，笑弯了腰吧。

道路两边，冬青树夹道。树下开着美丽的格桑花。冬青低头看格桑

144

花，花儿仰头迎着树，仿佛是秋日里，一对深情凝望的爱侣。车子缓慢地行走在路上，自然心旷神怡。摇下车窗，想换换空气，却蓦然发现了两排房屋，临路两侧而建。每户人家的房子前，都有一个小院子，院子不大，用白色的栅栏围起。院子里，有的种菜，有的种花。金华的村庄，真的跟往昔不一样了呢。

路上的风景还没赏够，车子已抵达金华镇，也就是原来的南街。现在的南街，道路宽阔，绿树成排，街道干净整齐，一派繁荣景象。这是金华镇给我的第一感觉。我去的时间是下午，错过了上午的集市，街上人不太多，但商家却比之前多了太多。各色商铺分类陈列，商品无论从品质、外观看来，并不逊色于城市。我努力想寻找当年的痕迹，但街上变化太大，那种水煎包的记忆，却是再也找不回来了。

我们去了金华镇的几个村庄去看，给我留下印象最深的，当属东谢营的植物园。据说东谢营村是周宣王之舅申伯公封谢故地，为古谢国遗址，全世界谢姓发祥地，近年来有多种谢城文物发掘，大批海内外谢姓人士纷纷回归故里寻根谒祖。现今，金华镇在东谢营斥资三千余万元修建"谢氏文化园"，园区主体已经封顶，看上去高大壮观，雄伟矗立。看介绍说，这个园区将建设成为集观光、餐饮、娱乐、农游一体化的园区。项目建成后，既能拉动经济增长，又能给金华居民营造一个休闲的场所。此举功在当下，利享后世。

植物园是一个苗木花卉公司的种植基地，是金华镇通过招商引资引来的，也成了一个旅游亮点。园内植物多种多样，很多我都叫不上名字。认识的有小叶女贞、红叶石楠、雪松、香樟、樱花、桂花树等一些常见的品种。我看见一株开花的紫薇树，一树两色，红的白的竞相开放，一树的芳华，在秋日里，格外的温暖。还有一种树，树枝显得特别柔软，辛勤的园丁把树枝培育成形状，有酒瓶形的，有花篮形的，都是一对一对的，相映成趣。看着园里那么多的小树苗，我就想，怪不得金华镇的绿化搞得这么好，现在都称"绿色生态金华"，原来有这么强大的后盾呀。

三

金华是有文化的。

在金华的土地上行走，仿佛在欣赏一个美人。曾在一本书上看到过这样一句话：好看的皮囊千篇一律，有趣的灵魂万里挑一。金华既有好看的皮囊，又有有趣的灵魂。它的有趣就在于它的文化。行走在美丽乡村的小路上，仿佛走在古典诗词的画卷里。一会是"小桥流水人家，古藤老树昏鸦。""远村秋色如画，红树间疏黄。流水淡，碧天长。路茫茫。凭高目断。鸿雁来时，无限思量。"一会又是"雨里鸡鸣一两家，竹溪村路板桥斜。妇姑相唤浴蚕去，闲看中庭栀子花。""方宅十余亩，草屋八九间。榆柳荫后檐，桃李罗堂前。暧暧远人村，依依墟里烟。狗吠深巷中，鸡鸣桑树颠。"我在这一幅幅画卷中行走，尽情地欣赏美景。闭上眼睛，似乎这里潜藏在每一首诗的意境里，既有东篱先生羁旅游子的悲苦情怀，也有王建先生笔下的优美静谧和农人们忙碌的场景；既有晏殊笔下远处的乡村，秋色如画中一般美丽，又有陶渊明对山村庭院风光闲适恬静的氛围。

在大徐营，"风起月来亭""百年老井"等景点，都蕴含着一个个故事。老瓦房旁边的柿子树，红丢丢的柿子挂满树，墙上挂着一串串的辣椒和玉米，那种丰收的喜悦感染着我。也许是我从小在农村长大的缘故，当我看到这样的小路、小河、房屋，甚至院落里跑出来的小鸡小狗，都很入眼。顺手拍了几张照片，传到朋友圈，好友们纷纷留言，说太美了，等我们老了，去这里养老吧。我说，不用等老，现在就来吧！这里比照片上的更美。在这样的乡村走一走，感受田园的幽静，空气的清新，时光的静好，你会忘掉很多的琐事，会用一个不一样的心态去面对生活。

　　著名散文家周同宾老师，在金华村庄漫步时说："走在这里，仿佛是鱼，又进入到水里，很舒服。"周老师已经七十多岁高龄了，每个地方他都坚持走一走，还走得很惬意。他说遗憾的是看不到那时候的炊烟袅袅，也没有了那一抹乡愁了。周老师在作品《皇天后土》中描写了九十九个农民，他笔下的农民有太多的愁绪，仿佛乡村和乡愁永远连在一起。现在的金华，却让我感受到了文化的雨露，感受到了浓浓的诗意。

　　说到金华镇的文化味儿浓的时候，有一个人不得不提。他就是现任的金华镇党委书记温建明。初见此人，感觉是一个黑脸大个的汉子，跟普通的乡官差不多，可他拿起话筒，娓娓讲解一个个典故的时候，就不禁对他刮目相看了。他管辖的范围内，不少房屋上涂刷着农耕的谚语、传统美德的典故。这种乡村文化氛围，让金华添色不少。后来得知这位书记写作、画画，还出了书。因为有文化的鉴赏能力，所以现在的金华镇，透着浓浓的文化气息。

　　在美丽的乡村行走，我看到了每一颗粮食的来之不易，更能感受先贤们爱惜节约粮食的呼吁之殷切。在美丽的乡村行走，我看到了一草一木一花顽强的生命力，勇敢面对大自然的精神。在美丽的乡村行走，我体会到了远离城市喧嚣的宁静，找回了潜藏在内心的乡土、乡音、乡情。在金华的土地上行走，我遇到了更好的自己。经过美丽乡村的洗礼，我必将以更好的心态去迎接未来的生活。

寻找菊花里的一缕清香

清晨，我在鸟鸣声中醒来。

躺在床上，不愿睁开眼睛，细细倾听这悦耳的声音。我不懂鸟语，但我想，如此动听的声音，一定是美妙的情话。在这个清晨，除了几声鸟叫，没有其他的声音，安静的氛围，是为一对热恋的鸟营造的。

这是个沉重的日子，可在清晨，是那么的宁静。树木轻轻地在发芽，花儿悄悄地在绽放，小学生去学校的脚步声，都显得如此的真切。我推开窗，满眼的绿色，映入眼帘。远处，深深浅浅的花儿，竞相开放。

真是好节气啊！

是啊，清明到了。大地回暖，艳阳高照。阵阵春风，吹绿了枯树，吹开了花儿。那一树树芳华，让人的心变得很轻很轻，融化在春光里。

我突然想起了菊花。菊花不是这个时节该有的花儿，但是科技的发达，让时光回流，我看到鲜花店里，朵朵菊花开得正艳。有黄色的，有白色的，大朵的、小朵的应有尽有。包一束白色的菊花，遥祭远在天堂的亲人。

148

神话故事里讲，人的命，是有定数的。什么时候降临人世，会经历什么劫难，何时离开人世间，都是定好的。我的婆婆六十七岁，正值壮年，撒手人寰。彼时，她功德圆满。

小小的四合院，被打扫得很干净。东屋三间，一间厨房，一间放置杂物，一间用作大门。这是她一生出入最多的门，从这里出出进进几十年，仿佛门畔也留有她的气息。西屋两间，正屋四间。这是中国的传统建筑，在农村，几乎每一家的房子，都是这样的格局。

院内，有冬青、柿子树、葡萄树，郁郁葱葱，满树碧绿。还种一堆月月红，花朵儿不大，却开得热闹，是比较艳丽的那种玫红，将院子点缀得很有生气，不至于让我站在院子里时太伤感。

一口压水井，矗立在月月红的旁边。这个三十年前留下来的物什，它的主人也没舍得抛弃。渊源流长的井水，养育着院子里的人、动物和植物。公公那瘦长的、孤单的身影，在院子里晃悠。

听说，公公婆婆在年轻的时候，很恩爱。两个人听从父母之命，媒妁之言，婚前，没见过面；婚后，却相处得极好。两人说话，轻声细语，从未吵过架。婆婆人高马大，是庄稼地里的一把好手。公公瘦弱，婆婆心疼公公，粗重的农活，她抢着去干，尽力为公公分担。生活上，她也是无微不至地关心，每天早上给公公做两个荷包蛋，从不间断，一直到我们结了婚，也不曾改变。

公公婆婆年岁渐大，婆婆后来生病，公公开始照顾婆婆，细致周到。我想，这就是他们那代人淳朴的爱情吧！谁说他们不懂爱，他们的爱，不是用语言表达，而是用行动诠释，这是当下很多年轻人做不到的。

屋里的那台缝纫机，年代久远，斑斑驳驳，刻满了岁月的印记。那时候，结婚不用十几万元的彩礼，但手表、车子、缝纫机是结婚必备的"三大件"。手表、车子基本上都属于男人的，只有缝纫机，是女主人的，用于一家人的缝缝补补。家里的这台缝纫机，就像婆婆的一个缩影。她坐在机器前，给她的爱人做衣服，给她的孩子做衣服，做书包；有了孙子孙女，还用这台缝纫机给他们做棉衣服。我习惯在一些旧物上，寻找他们生活的痕迹。我知道，这台缝纫机里，一定伫立着婆婆的灵魂。

他们这把年纪的人，是从缺吃少穿的年代过来的。所以，他们更加珍惜粮食和钱物，吃穿用度很节俭。每次儿女们偷偷给她买衣服，拿回去她一看，就说：去年买的还新着哩，又花这钱干啥?

早些年，生活并不宽裕的婆家姐姐，跟同村的媳妇比穿着，买了件一千多元的衣服，婆婆知道后，很生气。她告诫女儿，由俭入奢易，由奢入俭难。攀比的结果，不是兴家，而是败家。

阳光透过树叶，渗进院子，黄灿灿地洒了一地。从老一辈人勤俭持家、无私奉献的生活中，我体味到乡村人的纯朴、敦厚、勤俭、朴素。而这些却是现代城市人所缺少的。当我们在高楼林立的城市怀念乡土、乡音、乡情时，我们所要寻找的，不正是这些朴素的民风吗?

我又想起了菊花。

"宁可枝头抱香死，何曾吹落北风中。"此句出自宋代郑思肖的《寒菊》，讲的是菊花的气节。婆婆也是有气节的人，在人情世故上，尤为明显。她经常说：让别人欠着咱的，咱别欠着别人的。亲戚朋友家有事儿时，她不喊就跑去帮忙。自己家有事儿的时候，从来不肯麻烦别人。

其实，像他们这么大年纪的农村妇女，基本上都是这样子。他们经历了曾经的穷苦生活，对后来的好日子，心存感恩。记得婆婆六十多岁的时候，曾经说过：看看现在的日子多美，想吃啥穿啥都行，种种菜，养养鸡鸭，看着儿孙满院跑，多好。

在清明节前夕，思绪良多。捧上一束菊花，闻着花间一缕缕清香，便觉心安。此心安处，便是故乡。

蛙声里的思绪

幸而我毗邻白河而居，傍晚的时候，在河边，我得以听到久违了的蛙声。

月明星稀，微风拂面，白河水面一览无余。落日的余晖倒映在水面上，被河风一吹，形成一波波金色的涟漪。天渐渐暗了下来，余晖也一点点地消失殆尽，水面也恢复了她本来的颜色。

三三两两的人，开始出现在白河边。有一身休闲装的男士、有花枝招展的女同胞，还有不少老人。这些老人大都住在白河附近，和老伴儿们一起出来遛弯。还有拖家带口，领着小孩出来放风的，离开了学校的孩子，投身大自然中，他们跑着笑着，笑声如银铃一般。当然，我也是其中的一员。我曾经在好多作品中描写过我家乡的白河。白河两岸风景很美，像一个婉约的江南女子一样，令人神往。我每天都去看她，可总也看不够，晚上在白河边散步，总觉得这是一天中最惬意的时光。

慢慢地，月亮升起来了，风也凉爽起来。河边游人的脸庞也渐渐模糊。河边那一盏盏古色古香的路灯，开始散发出黄色的光芒。整条白河看起来温婉、浪漫。和白河相连，一个小小的石拱桥，把白河水引进一个湖里。这个湖的面积有一平方里的样子，东边半个湖面种的是荷花，西面少半个湖里种的是芦苇。

夜好像安静下来，散步的人也少了。湖里的蛙声便格外悦耳起来，细细听来，感觉蛙声此起彼伏，不知道湖里到底潜伏了多少只青蛙，也不知道它们彼此之间是啥关系？是不是也像人类一样，一个湖里的蛙就像一个村庄里一样，都是一个姓的本家？是不是也是由若干个小家庭组成一个湖的蛙群？它们的叫声，那么悦耳，莫不是也在说着好听的情话？还是像小学生一样在大声朗诵者《大学》《中庸》，并沉迷其中呢？

这些问题，我想不明白，也无法得到答案。我坐在湖边的石凳上，听着蛙们的叫声，脑海中所有的事情仿佛被放空了一样。此时，荷花开得分外精神，芦苇荡随风摆动，像随着蛙声起舞的姑娘。

我忽然就想起辛弃疾的《西江月》："明月别枝惊鹊，清风半夜鸣蝉。稻花香里说丰年，听取蛙声一片。"上学的时候读到这首诗的时候，就臆想过这位爱国词人身处的情景：明月清风，疏星稀雨，鹊惊蝉鸣，稻花飘香，蛙声一片。这样夏夜的山村风光，优美如画，情景交融，恬静自然，多美呀！只可惜，这位大文豪所生的时代是战乱时代，空有一腔的爱国热忱，却无用武之地。

蛙声还在鸣着，这些青蛙好像不知道疲倦一般。我仔细去听，却也分辨不出每只青蛙的叫声有何不同。忽然，我的手机铃声响了，是一个画室老板的电话。唉，这么晚了，还打电话，真是不胜其烦啊！可关乎孩子的上学问题，我不得不接了电话。对方絮絮叨叨说了一大通，无非是孩子去学了美术，将来就能考上理想的大学，前途一片光明之类。我家孩子今年上高二，明年面临高考，这是个关键时刻。孩子学习成绩一般，于是，各类教育机构不知道从何处得知我的电话，有的让孩子学美术，有的让孩子学书法，还有的让孩子学音舞，明年高考走艺术生的捷径。还有通过一些关系直接安排到某某学校的……令我眼花缭乱，不知如何判断，小心翼翼地请教往届学生家长和专业人士，生怕一不小心选择错了，影响孩子的人生道路。

经过这一波洗脑后，我冷静下来。其实这诸多安排里，这些机构如此热情，无非就是利益。每种选择动辄就上万甚至几万元的费用，关键还不知道出了钱后，能是一个怎样的结果。唉，我仿佛看到了一个教育的黑洞，越卷越深，在利益的驱使下，不知这个黑洞能有多深？如同我判断不清河里到底有多少只青蛙一样，找不到答案。

一枝枝芦苇随风摆动，在月光下显得格外悠闲。一只只青蛙还在孜孜不倦地唱着。我不知道它们之间有没有一种语言来沟通，动物和植物也会有简单的情感吧。我走到湖边，正好看见一只小青蛙躲在两枝芦苇下面叫着，这只小青蛙，两只眼睛鼓饱饱地凸显出来，好像是在与我对视。看着小青蛙的眼睛，我忽然就想起了莫言先生在他的作品《蛙》中，描写他姑姑万心在那个夜里，遇到那一片蛙声的经历。姑姑宣布退休的那天晚上，和老同事喝了酒告别之后，自己在回家的路上走着，不知不觉就走到了一片洼地。姑姑似乎走进了一个怪圈，无数的青蛙跳出来围着姑姑，阻拦着姑姑。蛙的叫声就像刚出生的婴儿，姑姑被成千上万的蛙追赶着，衣服也被青蛙们撕扯了去。后来姑姑遇到了捏泥娃娃的能人郝大手，并与郝大手结了婚。自从经历了被蛙群追赶的事件后，姑姑对青蛙这种生物产生了一种莫名的恐惧。

那是一个特殊时代的故事。姑姑本来是受人尊重的赤脚医生，可国家实行计划生育后，因为职责所在，强迫为很多孕妇堕胎，被人称为"杀人妖魔"。她经过这件事情后，开始反思自己年轻时的行为，姑姑到了晚年认为自己有罪，而且罪大恶极，罪不可恕。在姑姑的眼里，那成千上万的青蛙，就是那些死在自己手中的一个个婴儿。姑姑开始想尽办法来弥补自己犯下的罪。莫言先生笔下的姑姑，是一个悲情的角色，她的晚年，活在无法逃脱的极度矛盾和痛苦之中。

　　人在时代面前，太渺小了，历史的滚滚巨轮，不会因为某一个人停下。记得我小的时候，在晚自习放学的路上，就能听到这样的蛙声。家里离学校有两三里的样子，父母们都忙着在地里干农活，没有时间来回接送学生，我们放学就徒步走回去。在夏天的夜晚，天上的月亮明晃晃的，把大地照得如同白昼一般，三五结对的小学生，在月光下蹦蹦跳跳地回家。而蛙声，一路陪伴着我们，如同长者亲昵的话语，温暖着我们幼小的心灵。我们把小青蛙当成亲近的朋友，从不忍心伤害它们。看到谁去捉青蛙，就会想尽一切办法去阻拦和拯救。童年的时光是美好的，蛙声、星空、青草、河沟、月光，这些美好的画面，深深地留在我的记忆深处和梦中。

　　我整理了一下思绪，借着月光，我想再看一眼刚才的那只"歌手"，走进湖畔，却发现那只小青蛙早已不告而别了。但我并不觉得失望，反而有种意外的欣喜，如果人也能像蛙一样独隐一隅，不在意自己是谁，只在意为的是谁，生活中还会有世态炎凉？还会有名利权誉的纷争吗？我不忍心再去打扰这些痴情的歌者，呆呆地站着，与月亮，与星星，与身边所有的朋友一起静静聆听，一起沉沉陶醉。

　　在以后的日子里，在我生活的这个小城里，我还能长久地听到带着水气、土气和自然灵气的蛙声吗？我想会的。因为我看到了白河清澈的碧水，从我眼前静静流淌。

时光里的绿

在梦中，我总是在一片绿色中漫步。

或是在一片错落有致的小树林中，或是在长满绿色灌木的小山上，抑或是在一望无垠的绿油油的麦田埂上。彼时，我有点目不暇接，看不够这满眼的绿色；我的鼻子、肺都舒展开来，肆意地享受着绿色的味道；我的心，欢喜万分，妥妥地都交付给了这一片片绿。

家中，几盆绿色的吊兰，装在一个白瓷花盆中，瓷盆上是烧制的蓝色山水画，盆中的吊兰长得极其茂盛，枝条早已伸出了盆沿。每条新发出的枝条都向外伸展，并慢慢下垂。从远处看，整盆吊兰倒像是一个绿色的雨伞。吊兰的根部发出了五六根圆柱形的枝条，每个枝条的尾段，竟然零零星星地开上一串白色的小花，凑近处细闻闻，有淡淡的幽香。

每天结束了劳累的工作后，接上放学的孩子，回家进入烟火味十足的厨房，噼里啪啦地弄上一顿晚餐。吃过晚饭，我便喜欢坐在这些绿意里，看孩子写作业、玩耍。这些吊兰是不需要经常浇水的，听老花匠说，浇水要一次性浇透，然后隔一段时间再浇。浇水勤了，反倒容易把根沤烂，花草就会枯萎。

绿色的花草，她们愉悦了我的心情，我自然也对她们笑吟吟的。大抵这些绿色的植物也有灵魂，我对她们笑，她们就长得格外的精神，一盆盆精神抖擞，就像一个个老朋友一样，相对默默交流。甚至我能读懂吊兰的心情，她们的忧伤和喜悦。

我的一位同事小屈，帅帅的一个小伙子，瘦高的身材，脸庞上戴着一副金边眼镜，看起来有几分儒雅气质。他在一个高校门口开了一个书店，生意干得风生水起。可最近几年却迷上了农业种植，管理了一百多亩有机林果，天天吃住在果园里。白白净净的小屈，经过风吹日晒，脸庞黑里带红，但他却不以为然，脸上整天挂满笑容。我想，自然的风，自然的光，不仅吹黑了他的脸庞，也锤炼了他平静的心态。

我们几个朋友去园子里看他，在葡萄园的边上，两间简易房，门前搭了一个大凉棚。凉棚里面绿意盎然，这边几株葡萄苗悄悄爬上了凉棚；那边种了一片格桑花，星星点点的点缀着时光；还有几株青杏，已经挂满了青涩的果实。一个玻璃缸里，养着两只大乌龟，懒洋洋地躺在水面上晒太阳。看到这些，我忽然就想起来陶渊明的《桃花源记》："土地平旷，屋舍俨然，有良田美池桑竹之属。阡陌交通，鸡犬相闻。其中往来种作，男女衣着，悉如外人。黄发垂髫，并怡然自乐……"

小屈养的那只小花狗，突然汪汪地叫了起来，把我的思绪从桃花源中拉了出来。我笑着对他说：你可是过上了神仙的日子呀！他说，这些年，也相处了一些人，经历了一些事儿，就这段时间，和自然相处，与植物为伴，心情格外的平静，很舒畅！

还有一个叫田延红的女孩，初次相见，就给我留下了深刻的印象。与其说她惊艳了我，不如说，她惊艳了时光。在初春时节，因一次活动，我意外地遇上了她，可能是有缘，在大巴车上，我俩相邻而坐，初次相见便有了一个多小时的深聊。

她的家，属于那种殷实的小康之家，自己经营着还算不错的生意。可她就是义无反顾地在石桥镇的白河边，租了百余亩地，种植月季。也许是她的内心，有一个种植花海的梦，也许她热爱自然，也许她想向往田园生活，于是，就走进了乡野……

　　可能她自己也说不清楚种花的原因，反正经过一番努力后，她栽种的月季花，花树葳蕤，花朵艳丽，远近闻名。寻找美景的游客来了。拍婚纱摄影的小情侣来了。小朋友们小天使也来了。他们跟随老师一起来上社会课，来认识各类花草。

　　热闹是热闹了，可田延红也有了心事儿。种植月季投入极大，只靠这一点门票收入，实在不能支撑她的梦想。就在第三年，在苦心经营月季的同时，她又开始种植有机果蔬。她说，我这全部按有机标准种植，属绿色农产品。让人们吃上健康营养的绿色蔬菜，她觉得这是无上的善事。她在说这些的时候，眼神是坚定的，语气是欢喜的。

　　我无法想象，一个外表看似柔弱的女子，她如何能承受这样的重任？然而，她坚持了下来，这也许就是她的人生梦想吧！我只能在心中默默地祈祷，让时光对这个女子多一点眷顾，让她在那片绿意中尽情地舞蹈。

　　在内心深处，我也一直渴盼着、寻觅着这些绿色。可我没能像小屈，像田延红一样，恣意地在绿色中绽放。意念中的绿，一次次地被打磨，像在黑夜中渴盼亮光一样，不知何时能够相遇。

冬日慢

一

　　清晨，一觉醒来，屋里还黑漆漆的，只是窗外泛起了鱼肚白。卧在床上，听到楼下扫地的"唰唰"声，混杂着轻微的话语声。我知道，太阳即将升起，日子从露珠开始。

　　望着家人熟睡的样子，不忍心吵醒。都是生物钟作怪，不用上班的日子，本想美美地睡个懒觉，却仍然按时醒来。不过，平日里，也没有赖床，这可能是长期以来养成的习惯吧。于是，就蹑手蹑脚地起来，猫着步，钻进了厨房。

　　清素了数日，馋虫已开始蠢蠢欲动。于是就想，调剂生活，就从这个早晨开始。做一顿饭，创意要好，既要荤素搭配，营养均衡，又要色香味俱全，能勾起人的食欲。这绝不是一个简单的工作。我的厨艺差强人意，但勇气还是可嘉的。我打算做生煎包子。心中打定主意，不管成

158

功与否，体验一番，也是一种乐趣。备齐的羊肉、萝卜、大葱和生姜，在打馅机里来回翻滚，红白绿黄混在一起，看着不错的颜色，顿时就有一种饥饿的感觉。

用了一点酵母，把面发上。由于时间宽裕，我盯着面团，想看气泡是怎样钻进去的，可观察良久，面团还是纹丝未动，一点也没有要发大的迹象。就悻悻地把面团放在暖炉旁边，不去看它。

砂锅里熬的粥开始上气，红豆、黑米、薏米开始翻滚起来，这些粮食在滚烫的热水中，经历无数次的翻滚，熬成一锅香甜的粥。趁这个时间，我准备两个素菜：凉拌萝卜丝，醋溜绿豆芽。

回头去看面团，已经发开了。心中感叹：想看着你发酵，你偏不，刚刚离开，你就悄然膨大。世间的事，人与自然，人与人之间的相处，也大概如此。春天刚来，花儿就开；夏天到了，天就燥热；秋天，果实按时就成熟了；冬天一到，天就要冷。自然规律，谁也无法改变。

做好了生煎包，两个素菜也搭配妥当。家里人也陆陆续续起床了，看着热气腾腾的早餐，我猜，他们的心情不会太差。甚至于这一丁点的好心情能延续一天。心情舒展，脸上就有了笑容，对孩子说话，也变得温柔一些。走路的脚步声也轻了些许，不忍影响到楼下的邻居，给他们造成心理上的负担。人是一个社会的基本点，如果每个人都自律一些，能为他人多考虑一点点，那人世间就会和谐很多。

都快八点了，天还暗沉沉的，没有亮透一般。一阵风吹来，扑在脸上，凉的很，我裹紧了衣服。嘀嘀嗒嗒的钟声，送走了散碎的时光后，终于迎来了一缕缕的阳光，散乱地浇灌着那树、那人，和世间的每一个生物，都带着新鲜和苏醒，被这光亮赋予了灵魂。

二

午饭后，我坐在小茶桌前发呆。时间像被凝住了一般，慢得很。这与以往的繁忙很不相宜。以前，总担心无所事事，浪费光阴。可今天的心情，则截然相反。

普洱茶在小茶壶里翻滚，小片的叶子随着水流，灵活得像一条条小鱼，游累之后，趋于平静。那美妙的酒红色，碰撞着洁白的容器，立刻灵动起来了，通了人的情感和思想。有人说：喝茶会上瘾的。这种说法，我很认同，因为我就是其中一个。各类茶都能喝，天气凉，喜欢喝点红茶，胃被滋养得暖暖的；热的时候，来一杯清茶或绿茶，先观其色，那淡绿色的茶水令我垂涎，入口后觉得整个人都清爽了许多。不仅嗜茶，还爱买各类的茶具。喝红茶的小白瓷杯、泡绿茶的小玻璃杯子等。瓷杯子还分高矮胖瘦不等，玻璃杯子大大小小一堆，还有一些其他材质的杯子。这些杯子放在茶台上，看起来像一种风景。

茶一杯杯入口，浑身通达起来，脸颊上有些红晕，额头微微冒汗。想着这会做点什么雅事，才不辜负这茶。忽然就看见阳台上有一盆干透的三角梅，几条枯枝凌乱地长在花盆里。就想起在网上的视频里，看到有人用红蜡烛做梅花，于是打算学着做一些，来装饰一下这盆孤单的三角梅吧。

说干就干，找来红蜡烛，放在容器里加热，使其融化。嫌颜色不够红，忍痛把心爱的口红放进去调色。按着教程，三个手指在加了洗洁精的水里沾一下，沾洗洁精水的目的是防止蜡烛水粘在手上。沾满了洗洁精水的手指滑溜溜的，放入蜡烛溶液里，粉红的溶液在手指上凝结，一个粉红色的花瓣就这样成型了。趁花瓣还软软的时候，迅速捏在枯枝上，还真地粘上了。第一朵花成功"开放"后，我大受鼓舞，迅速地复制。一盆落魄的三角梅，立刻复活了，好似一夜春风来，催得枯枝开了花。

其实这些小玩意，做了没啥好处，不做也没有一点的坏处。可做了这一盆花儿，看着内心喜悦，大抵就是这盆花的价值吧。

　　不知从什么时候开始，人们在做事儿之前，都会衡量：做这件事儿有用吗？或是这样做用处大吗？为人处世处处计较得失，权衡利弊。可是心心念念想得到的，是真的有用吗？甚至于有一两个爱好，都会在夜深人静的时候问自己：这对自己的前途和经济有用吗？在培养孩子的兴趣时，也会时不时这样衡量：将来这些会对他有帮助吗？瞬间，这些蠢蠢欲动的喜爱会被一句"有用"压抑在内心深处。而我们的生活，也慢慢地，变成一板一眼，单调而乏味。

　　那盆三角梅，被放置在客厅的一角。旁边是一盆绿植，红花绿叶相称，好看。

三

　　天慢慢暗了下来，我坐在阳台上，望着窗外撩人的夜色。多么安静啊！

　　这样的静，叫人不敢相信。远处的公路上，卫兵一样排列的路灯，像往日一样璀璨，它若有思想的话，也会寻思：往日热闹的人流哪儿去了？熙熙攘攘的行人，闲逛的、购物的、锻炼的……，还有往日在路上飞奔的汽车，都没了踪影，寂静得像换了个人间。

　　近处的小区院内，绿色的灯光照射在那棵常青树上，绿意盎然，这不像是冬天的景象。小区内静悄悄的，以往广场上锻炼身体的大爷，带孩子玩的老奶奶，也悄然躲进了房间。那常青树自顾自地生长，笔直的树干，油绿发亮的叶子，恣意地长着，哪管人间的春夏秋冬、黑天白昼；哪管你人流如潮或是渺无人烟。

　　人间本是繁华的人间，忽然一下静了下来，心中有些许烦闷。倒不是我爱这繁华，我只是喜欢看这些繁华的样子。这个春节，有些许恐惧，病毒来袭，查不出毒源，何时才能控制疫情，心中茫然。

倒了一杯红酒，看着酒在杯子中来回晃动，情绪慢慢恢复了平静。忽然想起我小时候的时光。也是这样的春节，在乡间的村庄里，有我的家。没有灯红酒绿，没有车水马龙，就像今天一样寂静。我们全家围坐在火炉旁，吃着母亲炒的花生，说着话，很开心。父母亲没有智能手机看，小孩子也没有多少欲望，一把花生，一些简单的自制的玩具，玩得开心快活。

这些年，日子越过越好，住在高楼大厦，吃着山珍海味，穿得花枝招展，但却少了些无忧无虑。山体滑坡、火车脱轨、森林火灾、地震、洪水等自然灾害时有发生，不停地揪着我们的心。而这个春节，突如其来的一场病毒，肆虐着明媚的大地。看到那些因病死去的人，看到白衣天使脸上疲惫的倦容，看到全国各地无私的援助，感动和伤感，让我一次次流下泪水。

突然就想起一句话："哪有什么岁月静好，不过是有些人替你负重前行。"

两杯酒喝完，我已微醺。这感觉真是美妙，怪不得易安说："东篱把酒黄昏后，有暗香盈袖。莫道不销魂，帘卷西风，人比黄花瘦。"哦，易安多么悲伤啊！她是孤独的，喝了酒，想必是思念她的爱人了。

我虽是女性，但不多愁善感，因为我清楚，人生不能被某种情绪左右。虽然生活中有很多的不如意，但我从不气馁，生活就是这样，曲曲折折，坎坎坷坷，没有谁的人生一帆风顺。

冷，伴着夕阳的远去，越发浓烈。我把身子缩在沙发里，慢慢地看着黑夜一口口地吞噬了白昼。夜，因为灯光的照射，显得越发的黑，时间一点点地溜走，没有半点依恋。夜深人静后，我还是不敢睡去，生怕一入梦，就错过了这人间，错过与冬的不期而遇。

但是，我知道，生活还得继续，当暗夜从梦中醒来时，终将迎来第一缕曙光。

第五辑　漂泊的乡愁

　　村庄的道路，阅尽了人世沧桑，见证了乡亲们的悲欢离合。她像血液一样滋养着村庄，年复一年地守候着村庄，温暖着乡邻。如今，我已蜗居在城市的一角，可在梦里，我经常会出现在村庄里的道路上。因为这里是我魂牵梦萦的地方，这里已与我血肉相连，这里是我的精神家园。——《承载乡村记忆的土路》

先辈们的村庄

一

　　村庄是活在我眼中的，几十年，风霜雨雪，世事变迁，村庄依然没有多大改变，改变的是房屋，由草房变成瓦房、楼房。那山、那水、那树、那土地，还是我离开家乡时的模样。

　　而我的家，大多留在记忆中。我少年时代走出村庄，求学、工作、结婚，离家越来越远，很少回到生养我的家乡。对于家，总有一种陌生的感觉。记忆中的亲人，一个一个离去了。原来熟悉的面孔，随着岁月的流逝，走进了黄土地。而伴随而来的是新鲜的面孔，侄儿侄女，外甥外甥女……一张张可爱而又陌生的脸，渐次出现在我的面前。

　　在我的记忆里，没有爷爷的影子，他在我没有出生的时候，就离开了人世，回归泥土。我的奶奶，是个不平凡的女人。记忆中，奶奶没有名字，跟她同龄的女人，很多在娘家是没有名字的，"大妞、二妞"就是她们的名字。长大成人后出嫁从夫，如果娘家姓张，婆家姓赵，就叫"赵张氏"，在婆家会被叫作"张姑娘儿"，我的奶奶，就叫"张李氏"。奶奶嫁给我爷爷后，将屋里的事儿打理得井井有条。在村子里，奶奶勤劳、节俭、温柔、贤惠，是出了名的好媳妇。

我爷爷弟兄三个，爷爷的哥哥是我大爷，爷爷的弟弟我叫三爷。听奶奶说，大爷正值结婚成家的年龄，被抓了壮丁。等他回来的时候，年纪太大了，没有与他适龄的单身妇女，所以没娶到媳妇，一个人过了一生。我的三爷，因为家穷，没有娶下媳妇。在我们老家，这样单身的老汉很多，大家叫"光身汉"。"光身汉"的日子不好过呀，一个老汉，在外边干了一天活，回到家里冷冰冰的，自己做饭，自己洗衣，自己缝补，没个女人管，也没有女人心疼。大爷、三爷都跟着我奶奶，一大家子人一起过。家中有奶奶勤俭持家，不仅吃上了饱饭，还穿上了暖衣。

每天，奶奶很早起床，做一家子的饭，经常是红薯面糊汤，偶尔弄个凉拌萝卜丝，当配菜，改善生活。白天劳动力干活挣工分，中午和晚上回来，大都是红薯面糊饭。有时候奶奶会用红薯面下点"蛤蟆蝌蚪"，就类似我们现在喝的面条一样，再放点青菜，那就是美味佳肴，给一家子人解馋。

父亲是奶奶最小的儿子，按理说也该是最受她疼爱的孩子。但是奶奶在持家上极为公允，据我父亲说，他小时候经常吃不饱，老感觉肚子咕噜咕噜的响。每到吃饭的时候，他就伸着头往厨房钻，想捞点稠饭耐饥，可每次都是黏糊饭，怎样捞，都是一样。后来，他渐渐明白奶奶的用心：本来就缺吃的，如果让他多吃，其他人就得挨饿。

一家子虽然贫穷，却心往一处想，劲往一处使。在大家的共同努力下，盖起了六间大瓦房。我们村庄很小，从村西头到东头，百十来米。村子里住的都是一个姓氏的本家。父亲说，那时候，基本上都是土坯房，房顶是用草和泥巴盖的。村子的中间一条土路，房子都依路而建。远远看去，村庄的颜色就和泥土一样，土黄色的。

再后来，村子里又有些人家，也盖起了瓦房，房子根基是用砖建的，根基上面再用几层砖头，上面是土坯，房顶变成了灰色的瓦。一座座瓦房盖起来，村庄里面有了生机，人们基本能填饱肚子，脸上的青色也渐渐褪去。

奶奶的孩子们都大了，三个男丁，也就是我父亲的兄弟，各自都娶了媳妇，结婚成家。就分了家，大爷跟着大伯，爷爷和奶奶跟着二伯，三爷就跟着父亲。盖的几间大瓦房，兄弟三个每人两间。爷爷和奶奶在贫困的年代，带着一家人，繁衍生息，虽没脱贫，但家族日益壮大，子孝孙贤，基本上完成了家族的振兴。

二

二十世纪七十年代，我的父亲和母亲，又和三爷爷分一次家。当时三爷还不太老，五十多岁，那一年一个四川妇人，带着两个孩子逃难，来到我们村庄，经人介绍，与三爷成了家。母亲那时已经有了我和我的弟弟，两间房子住两家人，是不够住的。

父母亲的一生，是在辛劳和贫困中度过的。分家后，首要问题是要造房子。幸好当时包产到户，先是种好庄稼，解决温饱问题。然后用塑料布撑起来几个大棚，在里面培育菜苗。番茄、黄瓜、辣椒、茄子、豆角、北瓜、西瓜等。菜苗长大后，分成小捆，拿到集市上卖，每捆或卖一块、或卖五毛。现在想来，作为农民的父母，眼光是超前的。

当然，自家种的菜苗是一定要留的。菜苗卖完的时候，几个大棚都会拆掉，地平整后种上菜。菜比庄稼金贵，种起来，人格外繁忙。天干旱时，要及时浇水。下雨时，容易长草，需要及时除草。在我的印象中，父母亲没有清闲的日子，不是在地里忙，就是去集市上卖菜。父母劳作的身影，至今依然刻在我的记忆里。

我家的房子，就是父母用卖菜的钱，一分一毛积攒起来的。父母亲终于把房子盖起来了，墙壁是白色的砖，一直垒到顶，楼梯也是白砖，垒得结结实实。正屋四间平房，东屋三间瓦房，我们终于有了自己的家。夏天的傍晚，母亲做了饭，我们会端到房顶上，一家人坐下慢慢吃，享受着徐徐的晚风。日子日渐富足，吃上了白面馒头和自家种的菜，隔三岔五，割几斤肉，改善生活，换着花样吃。

我们的村庄，也悄然发生着变化。变化最大的是房子，昔日低矮的土坯草房，所剩无几了。随之而来的是瓦房、平房和楼房。村里村外，种了很多树木。春天的时候，树木发芽，嫩绿色的树叶挂在枝条上，在春风中摇曳。早上吃饭的时候，大家端着饭碗，或站着、或蹲着，或坐着，在一起吃饭。或有人说个笑话，或有人说说家长里短，或有人讨论讨论庄稼的种法。彼时的村庄，好不热闹。

我童年的美好记忆，就留在村庄里。小伙伴们特别多，丢沙包、蹦方子、跳皮筋、老鹰捉小鸡、打四角、抓子儿等，玩法很多，给寂寞的童年，带来了乐趣。记忆中与春兰、春梅他们一起在打麦场里，在明晃晃的月光下，在老人慈爱的眼光中，疯跑着、打闹着……

最高兴的时候，就是过新年了。平时吃不到的东西，到过年时都会有。有香喷喷的肉、有母亲自制的各种零食：比如兰花豆、麻叶、果子等。还有新衣服穿。过新年时的村庄，到处都洋溢着节日的氛围，连爷爷奶奶辈的人，都穿上了新衣服。各家各户的院子里外，都打扫得干干净净。门上贴上红红的春联，期望来年生活更美好。

日子慢慢变好，可人们也在慢慢变老。就在那几年里。我的大爷、爷爷奶奶、三爷相继去世。三爷娶的四川三奶，如今身体硬朗，一双儿女也长大成人，外出务工，虽不能孝敬堂前，但住得好，吃得好，穿得好，日子过得称心如意。

三

父母亲常对我和弟弟说：农民，面朝黄土背朝天，一辈子与土坷垃打交道，活得累呀！我懂得父母亲的话，他们不希望我们重复他们的路，期望我们有出息，离开农村，走进城市，活得体面一些。父母亲把希望寄托在我们身上，不要像他们那样，日出而作，日落而息，蝼蚁般活着。我记得我十五六岁的时候，刚初中毕业。本家的爷爷劝父亲：女孩子家，读书多也没啥用处，不如去南方打上几年工，回来找个婆家嫁了。那个年代，我们村庄的年轻人，流行去南方打工，很多像我这样年纪的女孩，都辍学去南方干活挣钱。

父亲却说，男孩女孩都一样，都是我们身上掉下来的肉，只要他们愿意学，我就会一直供她上学。在父母亲的期盼中，我和弟弟都留在了城市，参加了工作，买了房，成了家，过上了父母亲渴望过上而没有过上的好日子。

而我的父亲母亲，却留在老家，侍弄土地，种粮种菜。随着我和弟弟走进城市，父母亲没有了负担，粮食、蔬菜种得很少，自留地里，只种了个地头，够自家吃算了。我和弟弟，每到周末都回去看望他们，父亲便去菜地，把他们种的菜装上两大袋。冬天是萝卜白菜、菠菜蒜苗，夏天是黄瓜番茄、豆角茄子等。母亲算着我们回家的日子，提前蒸上两锅香喷喷的馒头，让我们带回去吃。

最近几年，村庄里的房子，大都变成了平房，还有比较富足的，盖起了楼房。村子中间的那条路，修成了水泥路，各家各户的门前，都修得平平整整，老几辈子人走的泥巴路，终于消失了。道路的两边，分别种上了风景树，一个个卫士一样，守护着家园。

回到村庄的家里，满满的舒心，满满的亲情。父亲母亲，因为不用太过劳累，身体越来越硬朗。周末我们回去，两个老人的脸上笑成了一朵花，忙着给我们做吃的，逗小孩玩儿。我坐在小院子里，不由自主地想，岁月静好，家园祥和，国泰民安，大抵就是这个样子吧。

后来，父亲母亲年岁大了，身体也不太好，我和弟弟就把他们接到城市来住。回村庄的次数就少了。但我知道，父亲母亲终究会惦记着老家，惦记他们劳作一生的土地。因此，我和弟弟凑着机会，便带他们回去看看。

去年年底的时候，我们回了一趟老家。开车从村庄西头进去，眨巴眼的工夫，就到了村东头。感觉村庄越来越小，村子里的人，也越来越少。老家到处都是楼房和冷冰冰的水泥路，少了一些淳厚古朴的气息。城镇化的进程，替代了古典的农耕文化。面对充满着现代气息的乡村，我不知道是喜还是忧。

我在家时候，长得特别漂亮的本家嫂子，也老了，在村子里领着孙子玩。岁月没有因为她天生丽质而格外关照她，风刮日晒，脸上爬满了皱纹，肤色黧黑。看到我们回去，嫂子格外亲热。她说，现在庄上基本没啥年轻人，要么落户到城市，要么出去打工，家里留的大都是老弱病残。庄稼地种得极简单，冬天种一季小麦，夏天种一季苞谷，都是机器收割的，种着容易，却总觉得少了点东西。嫂子说缺少的东西，其实是对往昔乡村农耕生活的怀念。是的，村庄没有炊烟，房子里没有人住，没有遍地金黄的庄稼，没有人欢马叫的劳动场景，乡村还是乡村吗？

我特意去看望三奶奶。三奶奶说，他的儿女，回四川寻根，让她一同回去，她没答应。她说她与三爷生活了几十年，有感情，留下来等死后陪陪三爷，省得他一个人孤零零地寂寞。虽说儿女们每月给她寄生活费，但老人觉得，就算给的钱再多，却买不来儿孙绕膝。我知道，没有儿女在跟前，老人是多么的孤独。如今的三奶奶，八十多岁了，腿脚看起来还硬朗，白天没事的时候，她就去庄稼地里转。现在国家政策好，给她每月有几百块钱的生活补助，日子还过得去。她对我和母亲说，一

169

到晚上，睡到床上，身上都是疼的，便求了个老中医，开了中药，在院子里熬药，满院子弥漫着浓浓的药草味。我在三奶奶的脸上，没有看到病恹恹的样子，我看到的是老无所依的孤独和忧伤。

我在村庄里走着，心中感觉有一点失落，现在的村庄，没了往日的热闹。人们都一门心思地想离开农村，去城市生活。殊不知，生活在城市的人们，又会向往农村那种日出而作、日落而息的简单生活。也许，人生就是这样，兜兜转转，从起点，到终点，再回到起点，周而复始。

而我的村庄，我的家，一直在那里。她承载着我童年的欢乐、我的梦想。若干年后，当我也白发苍苍的时候，再踏上这片热土，我想，我的人生也就圆满了吧。

承载乡村记忆的土路

一

如果把村庄比喻成一个人的话，那横穿村庄大大小小的道路，就是人体内纵横交错的血管。我们就是流淌在血管中的血液，走在这些大大小小的路上。日复一日，年复一年，就这样流淌，流淌……我们的喜怒哀乐，与这条条弯弯曲曲的管道，血脉相连。

乡村最早的路，是土黄色的。土路的两边，是土坯垒砌的房屋、泥土堆积的院落。还有些道路的颜色比土黄色更重一点，接近于黑色，单调，乏味。哪像现在，道路两边，种满了风景树和花花草草，绿树掩映，姹紫嫣红。

那时，我老家的乡亲们，刚刚摆脱了饥饿的威胁。很多家庭，还吃不上白面馒头，用红薯面馒头充饥。物质生活尚不能满足，当然是没有闲心去侍弄绿树花草。

单调乏味的道路，在那个年代，同样承载着乡亲们的喜悦。每年春种秋收时节，父亲和爷爷会用牛车拉上小麦种子，在道路上行走。这是一条希望的道路，种子经过这里，被种到地里。经过几场大雪的覆盖，被春姑娘的手轻轻抚摸，大地就变绿了。

这时候，道路开始忙碌起来，通往庄稼地的道路上，人来人往，有的赶着羊，有的赶着牛，就连鸡鸭，也在土路上撒欢。无数的青壮劳力，踏着土路走向希望的田野。他们一遍遍除草、杀虫，把辛勤的汗水洒在田地里，也把希望洒在这片热土上。

待到庄稼成熟的时候，天还不亮，人们就提着镰刀、拿着水壶，早早地唤醒道路。大地就是他们的战场，牛车上满满的粮食，是战利品。那条平日走过百遍的道路，也在人欢马叫的忙碌中，感受到收获的喜悦。

喜悦的心情，还在老人长满皱纹的笑脸里，在新生娃娃嘹亮的哭声中。四奶奶家的孙媳妇快要生孩子了，四奶奶那双被裹过的小脚，一遍遍地在村庄的道路上行走，急促的脚步声中，充满欢喜。她在医生、接生婆家穿梭。伴随着哇哇的哭声，四奶奶的重孙子降生了，她那满脸皱纹的脸笑成了一朵菊花。

四奶奶亲自用鸡蛋、挂面掺葱花，再淋上香喷喷的小磨油，做了一大锅喜面，用一个大桶装着，顺着村庄大大小小的道路，分给一家一户的乡亲。道路也从四奶奶的笑声里，分享着她的喜悦，感受到子孙绵延的快乐。

二

村庄的道路，基本上是自然形成的。没有规划何处建房、何处修路。一家弟兄几个有几块宅基地，大致指个地方就可建房。对应着房门，就是路，庄户人来回走几趟，原来的荒草地，就变成了路。路是泥巴的，遇上下雨天，道路上一片泥泞，深一脚浅一脚，裤腿上沾满了泥巴，让人感到无奈。

那年夏天，我七岁，吃东西吃坏了肚子。在那个雨夜，突然急性肠胃炎发作，脸色蜡黄，晕了过去。父亲急得背起我，就去村子西头的医生家。可是，雨天的道路，泥泞难行。父亲穿的胶鞋被粘在地上，他愤怒地咒骂着，把鞋用力地甩在一边，光着脚拼命地在路上行走。那一晚，道路上留下了我们父女两个无数个摔跤的印记。

肠胃炎被医生医治好了，我又恢复了健康，脸上的黄色也慢慢褪去了。看起来红白的脸色，也让父亲焦虑的眼神消失了。可他每每回想起那晚的经历，仍然对雨天难行的道路充满怨怒。

曾经有一段时间，三婶婶对道路也充满怨怒。三婶家在村子的东头，四周都是路，与庄户人家不相连。三婶很勤劳，她养了几十只鸡，起早贪黑地割草、找食物来喂养它们。

三婶家周围的道路多，走着方便，可也给三婶家的鸡带来了灾难。那时候人穷，很多人温饱都顾不住，长期的饥饿，让人心生歹念，村子里嘴馋的人，就开始打三婶家鸡的主意。

三婶家四面不靠，孤零零的一家，给做贼的人提供了便利。他们在黑夜里，趁人们熟睡之时，溜到三婶家，将三婶家的鸡偷得一只不剩。

养鸡就是为了养家，十几只鸡，就是三婶家一年的柴米油盐。那天早上，三婶发现家里的鸡都被偷走了，她站在门前的道路上，跺着脚哭喊着咒骂着偷鸡贼，用脚愤怒地跺着道路，洒下了无助的眼泪。此后，很长一段时间，三婶不再养鸡，坐在自家门前的路上，目光时而呆滞，时而怨愤。

李二叔家也紧靠着土路。有一年家里养了一头猪，一年下来，长成了四五百斤重的大猪，猪贩子来收猪，因为价格没说拢就没买。谁知当天晚上，夜深人静时，他家的猪被人偷走了。第二天起来，只看到两排三轮车印。他家的猪，就是从他门前的土路上被偷猪贼拉走的。李二叔后来也养猪，但他家通往门前的土路，被李二叔拦腰斩断，一直持续了很多年。

老家的土路，承载着太多的喜怒哀乐。

三

我们的村庄，住着的是一个姓氏的本家。历来家风淳朴，勤劳善良。可翠莲嫂子的出现，打破了村庄的平静。

翠莲是四川嫁过来的，她的丈夫叫力哥，是我家的一个远房亲戚。力哥家里穷，弟兄五个三间房。他排行老四，上面三个哥哥都没成亲。力哥的母亲遍求亲友，终于把翠莲介绍过来了。一家人对待翠莲，像个宝贝疙瘩一样供着。

翠莲长相好，小嘴甜。家里有几个劳动力，她也不用下地干活，就挺着她的细腰在道路上扭来扭去，眉眼间充满风骚。

村长家与翠莲家就隔着一条道路。平时吃饭的时候，都端着碗坐在道路边上吃，一群人凑到一块，拉拉家常，说着闲话。村长总爱看翠莲的杨柳细腰。翠莲的眼神也总有意无意地瞟村长几眼。

时间久了，风言风语就出来了。老辈的人说：人老几辈子，从来没有出过这样的事情，丢人！就去找力哥，要把翠莲这个祸害轰走，可是力哥舍不得呀，一把鼻涕一把泪地求情。

最后，人们在翠莲与村长两家之间的道路上，垒了一面墙。并告诫力哥，翠莲要想在村庄里生活，从此不许越过道路上的那面墙。

从此，村庄的道路上，再也不见翠莲扭着腰的身影，听说，她整天躲在屋里，羞于见人。村庄的道路也像是懂得了她的悲哀，从此不再为她开放。

道路的悲哀还在于，明明是一条路，可有人偏偏在路上搭了一个草棚子。草棚子里还住着一个年暮的老人。老人是我们本家的大爷。大爷一生辛苦，他和大奶，一生养育八个孩子：七个儿子，一个姑娘。唯一的一个姑娘，在二十岁的时候，得病故去了。

他们拼尽全身力气，把这七个儿子养活成人，给他们都娶了媳妇成了家。后来日子稍微好过一点，儿子们都建了房，各自过着自己的日子。

两位老人却渐渐老去。那一年，大奶去世了，他们住了一辈子的老屋，也随着女主人的离去而坍塌了。大爷的三儿子，强行拆除了老屋，在老屋的宅基地上建起了新房。可新房子却不欢迎白发苍苍的大爷。道路上的那个用树枝和茅草临时搭建的草棚，就是大爷的栖身之地。

其余的六个儿子，因为老三霸占了老宅，心中愤愤不平，也不去管大爷。本家的老辈们，看不惯去协调此事，三儿子却态度蛮横，软硬不吃。

大爷和他道路上的草棚子，成了村中的一景。谁家赶牛车拉粮食的时候，走到草棚旁边，都要小心翼翼地避过去，不去损坏大爷唯一的栖息地。老辈们每每看到大爷佝偻的身影和他的草棚时，都不由自主地发出一声重重的叹息。

都说养儿能防老，可大爷一生养育七个儿子，竟然没人养他。临老了，只能住在草棚子里，在孤独凄凉中度过暮年。

每逢路过草棚，我总能听到一声叹息。那无奈的叹息声，究竟是大爷发出的，还是土路发出的，我一直没有听清。以至于大爷故去很多年，每次从那里经过，总觉得有一声叹息，在耳边萦绕。

四

当然，于我而言，村庄的道路是快乐的。在我儿时不太多的记忆中，大多的快乐时光，是和道路相关的。

每到农历新年，是村庄里最快乐的时光。村庄的道路，被打扫得干干净净，仿佛和乡亲们一样，穿上了新装。噼噼啪啪的鞭炮声此起彼伏，我们一群孩子，便奔跑在路上，听见哪家放鞭炮，就小跑着去拾炮。笑声和欢乐，洒满了乡村小路。现在过年的时候，还时时感叹：年味越来越淡，没有过去那样热闹和开心。

正月初二，各家各户便开始串亲戚。村庄的道路上，来了好多陌生人，到村子里走亲访友。有的客人来了，不认得路，我们这些孩子会自觉充当向导。每次都是哪家来客人了，客人还没到，孩子们便站了半院子。这家的大人会拿出瓜子糖果，分给我们，孩子的笑声飘满整个院落。

夏天的傍晚，是我和玩伴们最高兴的时刻。月光格外亮，老辈们都坐在门前的道路上凉快。我们一群小孩，就在道路上疯跑，玩游戏。村子里宽敞的道路，是我们欢乐的天堂。

记忆中，路边有很多麦秸垛。小麦收割后，麦子归了仓，剩余的麦秸，是乡亲们烧火做饭的最佳材料。垛麦秸也是个技术活，先把麦秸捋顺茬，再依次围着中心压实堆高。麦秸垛多半是圆形的，到顶上，用麦糠和泥，糊在上面，以防漏水。

取麦秸烧火的时候，也得从一个地方入手，一点一点地掏，时间长了，麦秸被掏空的地方，就成了一个洞。但不管怎么掏，顶不能损坏。麦秸被拽走烧了一部分后，下边细上边粗，远远看上去，像一个大蘑菇。这些大蘑菇，便成了我们玩耍的道具。

一群小孩，整齐地站在道路上，分队后开始游戏。捉迷藏、蹦方子、老鹰捉小鸡、丢沙包等，都是我们常玩的游戏。捉迷藏的时候，总爱藏在麦秸垛后头，要是对方一个人来抓，就围着麦秸垛转圈，怎么也抓不住。有时候，就躲在被掏空的麦秸垛里，然后用麦秸盖在身上，作伪装。但这样的小把戏，总被对方识破，乖乖地被抓到。

村庄的道路，阅尽了人世间的沧桑，见证了乡亲们的悲欢离合。

她像血液一样滋养着村庄，年复一年地守候着村庄，温暖着村庄和乡邻。如今，我已蜗居在城市的一角，可在梦里，我经常会出现在村庄里的道路上。因为这里是我魂牵梦萦的地方，与我血肉相连，是我无法忘却的精神家园。

水是村庄的灵魂

　　一条小河细又长，带着我的梦想去远方……

　　这样诗意的情景，只是出现在想象中。想象和现实通常是有距离的，有些还是无法跨越的距离。就像我家乡村庄的小河，与南方的小河，水存在形态是不同的。地处中原内陆，家乡的河流不可能像想象中的那样，带着梦想流向远方。家乡的小河，只能围绕着村庄缓缓流淌，来回循环，却始终去不了远方。

　　水是乡村的灵魂。在乡村，水始终绕存于村庄的周围。村庄的水，不是在小河里流淌，而是装在水沟里。盛水的容器我们就叫沟。不知道你们听说过"沟"没有，反正在我们中原农村，"沟"就横七竖八地绕着村庄四周。这些沟并不相连，但彼此最终又是相连的，流着流着，就交汇在一起了。村庄的沟，有的较长，有的较短。长的沟可能横跨两个村庄，短的就在村庄的周围断头了，融入了另一条沟。

　　乡亲们在村庄修沟，最主要的作用，就是下雨发水的时候，能把积水排到下游或者田地里，不至于淹没村庄、土地和庄稼，给农人们带来财产损失。我曾经问过我的父亲：村庄周围的沟是啥时候修的？父亲想了想说，他也不知道，反正他小的时候这些沟都存在。他又说，这些沟，年代都很久远，有村庄的时候，就有这些盛水的沟。

我到现在也弄不明白，到底是先有村庄，还是先有沟和水。但这些盛水的沟，应该是我的先辈们动手挖的。因为我们这里不是草原，草原上的河流，是不需要人力开凿的。草原上的牧民们，都会在河流的边上扎营而住，河水可以解决牧民和牲畜的饮水问题。听说草原上的河流还会搬家，随着地形的转变，这条河流慢慢就干涸了，随之那边就形成一条新的河流。这时候，牧民们也会随着河流而搬家。反正，牧民们的村庄，总会临河而建。河水是他们的村庄，水是他们的灵魂。

我们的村庄，是不搬家的。这样想来，像是先有了村庄，然后才有了沟和水。是先辈们在村庄周围挖了沟，把水引到它们该去的地方。是的，我的村庄地处平原，所以平时没有太多的水，只有在雨水特别多的汛期，这些沟才涨满了水。

小时候，我曾目睹过一些暴力行动。暴力的起源就在于沟里的水。那条沟位于村庄的东边，连接上游的焦古营（邻村的名称）和我们村庄。汛期来了，雨不停地下，沟便有了切实的压力。水们兴致颇高，想去农人们的家里串门问候，可农人们却不愿意，一个个吓得花容失色。水的破坏力极大，焦古营的人们便拿着铁锹和各式工具，把水改道，都流入到我们村庄的沟里。

汹涌的水流，蹦跳着来到我们的村庄游玩，可我们村庄的乡亲们也不敢收留。带着工具去上游的焦古营质问：为什么把水都引到我们的村庄？并试图把相连地方的沟堵死，以此避免大量的水涌向我们村庄。这注定是个无法解决的问题，只有靠武力来解决。于是，平时谦和有礼的乡邻，为了保卫各自的家园，干了一仗又一仗。所幸水们串门的兴致很快就消失了，沟慢慢又恢复了平静，人们也便没了干仗的理由。但是两个村庄的人们结下了仇怨，祖祖辈辈老死不相往来，也没有青年男女们互通婚姻。

沟里是活水，特别的清冽，常有小鱼小虾顺流而下。儿时对鱼虾和各种水草的认知，大都来自水沟。每逢农历过年的时候，父亲和叔伯大哥们用泥土堵成几节，把水拦住，用桶或盆把水排出去，沟里没有水，鱼虾就露了出来。男女老少齐上阵，都穿上胶鞋下沟逮鱼，那场面，又像是另一个战场。逮了鱼虾后，妇女们都会端着这些战利品回家收拾，经历一番煎炒煮炸，变成春节饭桌上的一盘盘美味。

作为农村妇女，我一直认为，母亲是能干的人。当初我家是多么贫穷，父母亲硬是靠着她辛勤的双手，慢慢改善着生活条件。在夏天的时候，村庄北头的沟里长出了一片莲，长势很好，还开出一朵朵漂亮的荷花。母亲是没有闲情去赏花的，她看到的是荷叶下面的莲藕，她下到沟里，把一节节的莲藕摸出来，拿到集市上去卖钱，来贴补家用。

与这些沟相比，村庄内的大坑（水塘），倒是给我的童年带来更多美好的记忆。除了沟，大坑也是村庄里盛水的另一种容器。顾名思义，大坑就是在村中央低洼处，积满了水，形成的水塘。坑是圆形的，四周稀稀拉拉地种了一些树，临水的边界上长了一些无名的野花。其实就类似南方的池塘。但我们的大坑，比之池塘，缺了一些诗意。

一个村庄是离不了水的。往大了说，一村子人吃水的问题，还有庄稼禾苗的灌溉问题，都离不开水。再说，水还在很大程度上解决了农人们的精神需求。作家苏童曾经在一篇描写水的散文中说道：谁能有柔软之极雄壮之极的文笔为河流谱写四季歌？我不能。你恐怕也不能。热爱河流、关注河流的心灵都是湿润的、空灵的。

我的家乡是平原，离海河湖泊很远。有的乡亲们甚至一辈子也没走出过村庄，没有领略到苏童笔下雄壮的河流，但他们的心灵是湿润的。他们守着村庄的这些水们，像爱护子孙一样，爱护着村庄的灵魂。

大坑的四周，是孩子们的乐园。玩具匮乏的年代，人们总能发挥出自己的聪明才智。大坑旁边的杨树上，绑上了一个个的人造"秋千"，孩童们总是玩得不亦乐乎。还有的孩子推铁圈、砸沙包等。还有调皮一点的孩童，去大坑里挖了一些泥巴，玩哇呜。他们把泥巴捏成一个碗一样的形状，口比碗口要小一些，然后口对着地，手一使劲，猛地摔到地下，啪的一声闷响，碗的底部冲出一个洞来。一群小伙伴们便哈哈大笑起来。玩得手上和脸上沾染了好多泥巴，一个个成了花猫脸，就跳到大坑里去洗澡。

　　每到吃饭的时候，总有年轻的母亲，站在大坑的旁边，拉长了声音叫自己家的孩子回去吃饭，那一声声呼唤，经过大坑里水的传播，就是一个个美妙的音符，飘荡在大坑的上空。有些乡亲端着饭碗，坐在大坑边杨树下的大树根上，把自己的背部靠在树干上，像坐了个沙发一样，手端着饭碗，吃得十分畅快。夏天的时候，水边凉快，他们吃完了饭，也不急着回家，随手把饭碗一放，有的说着一些家常，有的讲一些笑话，还有的干脆枕着大树，呼呼大睡。

　　大坑的水是清澈的，能倒映出杨树那挺拔的身姿，还能倒映出坑边那些美丽的小花。出太阳的日子里，勤劳的母亲们，就来到大坑边，洗刷被单衣服之类。她们在杨树上拉起一道道绳子，将洗好的被单和衣服晾在绳子上，花花绿绿的衣物飘扬在杨树林里，远远看去，就像飞舞的花蝴蝶，成为村庄的一大风景。

　　可惜的是，现在的大坑再也没有往日的繁闹了。我前段日子回去，路过了大坑，那个曾经承载我童年快乐的大坑，现在依然是个坑。不过坑已干涸，没有一滴水。坑边的杨树依然站在那里，看上去有点苍老，目光呆滞，仿佛提前步入老年。坑边的小花小草，随着水的消失，已经枯萎。现在的大坑，虽然肉体还活着，但精神早已死去。

　　村庄还有一条小河渠。小河渠是二十世纪八十年代修建的。修小河渠，是集体研究的决定，用途是解决庄稼的灌溉问题。当年，村庄的青壮劳力们，发扬当年修建红旗渠的精神，在田边地头修起了一条条的小河渠，四通八达，像人体的血管一样，分布在肥沃的土地上。这些小河渠，灌溉着村庄数百亩上千亩良田，哺育了一代又一代家乡人。

通过小河渠，把水库里的水引到田地里去。夏季是用水的高峰期，炎热的高温，土地里的水分快速蒸发，庄稼地里就会旱出一道道口子，玉米和大豆的叶子就耷拉下来，像渴极了的孩子一样。干旱季节，小河渠的作用就发挥了出来，清冽冽的水汩汩地流向田地。庄稼们咕咚咕咚地喝着甘泉，伸伸懒腰，叶子舒展开来。站在小河渠边，你仿佛能听到它们拔节的声音劈啪作响。

每当春天来到时候，小河渠的底部、渠身和渠埂上，长出了好多绿色的杂草，葛巴草、蒲公英、四瓣草等，绿意盎然。春天的小河渠，是那么的美丽！

小河渠也是年代的产物，现在也大多被废弃了，只留下它们破败的身躯残存在田间。听说土地大都流转给了合作社，田里打了机井，灌溉采取了喷灌式，用的都是地下水。小河渠随之失去了它的用武之地。有些被毁了，重新恢复成了田地；有些被遗忘在田头，它们静静地躺在那里，见证着时光的变迁。

如果把村庄比作一个人的话，那么，水就是村庄的血液，也是一个村庄的灵魂。

还乡碎片

当双脚踏上这片土地的时候，内心感到无比的欣喜与踏实。

那红砖垒成的房屋，底层由于潮湿，长出两棵小树苗。一棵叶片浅红，一棵叶片淡绿。两棵小树叶片相连，红绿相间，仿佛是一对亲昵的小情侣，自然交融。房屋旁边的小河，被勤劳的大伯隔成一个个方形的小坑，种上了莲藕。我回去的时候，还有几只莲蓬冲出荷叶的包围，探头探脑地伸出水面，像是在向过往的人们问好。早年房后种的一排杨树，没见了踪迹，取而代之的，是一个长满绿植的小菜园，里面种着韭菜、白菜、大葱、南瓜，绿莹莹的，长势茂盛。

房后那条道路，是村庄唯一的一条主路。我离开家乡后，被修成了水泥路，亮堂堂的道路，汽车"嗖"地一下，从村西跑到村东头，仿佛整个村庄也变小了。道路的两旁，要么种上了绿色的常青树，要么是临路的人家，像大伯一样，将路边上沟沟坎坎的荒地，翻耕平整，弄出一小块一小块土地，种上各色蔬菜，让道路两边显得绿意盈然。

当这一切进入双眸，我的眼睛有点湿润。或许是这片土地上，有着太多儿时的记忆；或许是看到村庄的沉寂、亲人们年迈苍老的样子，触动了我脆弱的神经，让我突发伤感；抑或是长年累月在外漂泊，对久违的故乡的眷恋所致，那种被压抑的情感瞬间释放。总之，这是一种复杂的情感。

诗人艾青说：为什么我的眼里常含泪水？因为我对这土地爱得深沉……这样的意蕴，只有当你回到久别的故乡时，才有深深的感触。

刚进村，看见八十多岁的三奶奶坐在她家门前。几丛青色的翠竹下，她的身材越发地佝偻，目光有些呆滞。她病了很长一段时间，总说身上疼，她的儿子和媳妇，远在广州打工的三叔和三婶特意赶回来，领着她去城里的医院就诊，但总是没多大效果。她常常呆呆地看着远方的土地，喃喃地说：身上要是不疼，我还能上地跑跑，现在是跑不动了。

三奶奶年轻的时候，在村里是出了名的能干。三爷爷去世得早，她的儿子媳妇都外出打工，留下她带着两个孙女在家务农。

三奶奶看着我，使劲地眨巴着眼睛，看了半天才认出我，颤颤巍巍地站起来说："是闺女呀，越长越水灵了，我都快认不出来了。"

我笑笑，对三奶奶说："三奶奶，我都快四十了，哪来的水灵呀！"

三奶奶使劲地看着我："怎么就快四十了？我觉着你还小着呢！住在城里就是不一样，越来越水灵，越来越年轻。哪像你小姑，四十多点，满脸苦皱皮。"

三奶奶又问我："城里头是不是天天喝牛奶、啃面包，顿顿都吃肉？要不，怎么就养得这么水灵？"

我禁不住又笑了。三奶奶过惯了苦日子，现在生活好了，依然很节俭。三爷去世早，三奶奶一个人拉扯几个儿女，一辈子舍不得吃舍不得穿。在她看来，住在城市里，天天喝牛奶啃面包，顿顿吃点肉，就是好日子。想着想着，我的眼里就有一种酸酸的感觉。

年轻时的三奶奶，腿上总有使不完的劲，来回在那几亩田地里穿梭。

她家种棉花多，几亩示范棉种下来，收获的季节，每天都能摘回来一大包棉花，坐在庭院里挑捡棉花，心里荡漾的是收获的喜悦。三奶奶说，那大白朵的棉花，我就没摘够过！

在那大白朵的棉花里，藏着三奶奶一个个愿望。她是想等棉花换够了足额的钱，儿子就不用远离家乡了。儿子、媳妇、孙女在一起，共享天伦之乐，这是她的愿望。实现美好愿望的途径，就靠田地里的收入。所以对繁重的体力活动，三奶奶毫不在意，而且越干越有劲。

三奶奶的田地，终究是不种了。一是因为年迈，体力不支；二是因为来了开发商，承包土地创办合作社。一亩地一年给几百块钱，算是净赚了。

"他们（开发商）包的地多，都管不过来，今年种了一大块地红薯，产量也不见高，老北坡的那一片好地，今年全都荒芜了。"三奶奶不无惋惜地说。

其实，和那一片田地一起荒芜的，还有我家的院落。父亲和母亲跟随我们进城后，老家的院落，便没了人烟。我家在村庄的东头，这是一个四合院，大门面朝东开着，门前就是大片的耕地。

我曾经问过母亲：当年我和弟弟年幼的时候，父亲常年外出工作，剩下你一人领着我们两个小娃娃，住在人少的村头，晚上不害怕吗？母亲说：那时，白天在地里干活，晚上到家忙慌着给你俩做饭吃，吃完饭再喂喂牲畜，农忙时夜里还要加空干活，等都收拾妥当了，躺下的时候，骨头都散架了。哪儿有心思害怕！

母亲是坚强的。在困难的日子里，勤俭持家，为了一家人的生计，劳累了大半生。她对生养我们的土地，有着一种特殊的情感。现在，每逢假期，我说带她出去旅游，征求她的意见时，她总是说：回老家看看吧。她的心中，思念的、牵挂的依然是那片土地，那个她曾经奉献过青春岁月的地方！

家中的房屋，由于长久没有人居住，西厢房上的瓦片脱落了不少。院子里长满了深深浅浅的杂草。这些野草的生命力是最旺盛的，砖缝里的土，也能让他们安家。是啊，没有人气撑着，再好的东西，终究是会坏的。

我想找些镰刀和铁锹，把院里的杂草、垃圾、灰尘清扫一番。母亲却说，算了吧，你清扫干净，下次我们回来，还不是现在这个样子，瞅一眼就走吧。母亲虽然说瞅一眼就走，可还是每间屋子都打开看了看，看到一些场景的时候，就不由自主地跟我说：当年在这个地方放的什么东西，那个地方放了什么东西，唠叨个没完。

我与母亲正在院子里闲聊，院门"哐"的一声被推开了，跟着就传来一声大嗓门："叔婶回来了，妹子也回来了。"听声音就知道，是邻家的一个大哥。大哥早年家里穷，娶不来媳妇，三十多岁去广州打工，一干就是十来年，回来时，不仅带回来个漂亮媳妇，还在村子里盖起了两层小楼。

年轻时的大哥，是村子里出了名的小抠，宁舍千句话不舍一文钱。他喜欢喝酒，但从不买酒，看见谁家来客，就往上蹭，混吃混喝。村子里的人看见他，都很厌烦。

大哥打工回来后，就像变了个人。他回到家的第一件事，就是把曾经蹭过人家酒的人，喊到家里喝酒。大哥说："早些年穷，又好喝两杯，没少到叔伯兄弟家蹭酒喝。今天喊大家喝酒，也是道个歉，以后没事多来家里坐坐，喝两杯。"

大哥对父母说："叔婶，今天回来就别急着走。我让你侄媳妇炒几个菜，少喝两杯。上次听说您老回来了，我过来喊您回家，可来晚了一会，您就走了。这次一定回家坐坐。"

父母说："不坐了，现在老了，可任务还不轻，你弟家的两个娃娃还要接送，想住也住不下呀。"

大哥说："早些年穷，想喊您老回家，也没啥招待。现在日子好了，又都家务事缠身。连一起坐坐的时间都没有。好的，等叔婶再回来，一定来家坐。"

大哥刚走，春梅爹听说我们回来了，和春梅妈一块过来看望父母。春梅，是我儿时的好友，我曾在我的文章里，多次提到过她。在我的印象中，春梅爹脾气暴躁，发起脾气来很可怕。少年时代，每当我们玩得正开心时，春梅爹就会出现在我们面前，大声呵斥春梅。我们开心的笑声，便在春梅爹的吼声中，戛然而止。

春梅爹现在很壮实，瘦长的身材，黑黑的脸庞，岁月的刻刀，在他的脸上，划下道道刻纹，但看起来依然很精神。曾经，那双让人望而生畏的眼睛里，如今多了些慈祥。他和春梅娘一起，赶了一群绵羊，刚从老北坡放羊回来。春梅娘领着春梅哥哥的儿子玩，小男孩六七岁的样子，和我家小女儿年龄相仿，不一会的工夫，两个小孩子便玩儿在一起。

春梅的侄子拉着我的小女儿，两个小不点儿跑到田地头上，开心地嬉戏着，无忧无虑，充满了童真。那小男孩热切地说着什么，小女儿也很感兴趣的样子，两人甚至坐在地上，手里拿着一些植物，比画着什么。坐了一会，他们又站起来，跑地头路上玩，那种熟络程度，倒像是交往了多年的老朋友。

春梅爹虽然脾气暴躁，但是对春梅娘，却是极好的。和春梅娘说话的时候，眉眼间溢满了笑。老两口到了这个年龄，就是个伴儿，一起放羊，一起去田地干活，一起吃饭，一起说话，这在农村，是最常见的了。

我又问春梅的现状，春梅爹却不愿意多说，只一句话："哎，不说她了吧，她哪儿有你们命好！"我的心突然痛了一下，儿时那个活泼明艳的春梅，又浮现在我眼前，大声地唱着歌，手舞足蹈，开心地大笑。那时的我们，年少不知愁滋味，把歌声、笑声尽情地洒在这片土地上。

对于春梅，我一直牵挂着。后来我听大娘说，春梅长大后变得有点傻气，见人就嘿嘿笑。她父母给她寻了一门亲，嫁出去了。丈夫脑子也不太正常，结婚生了一个娃后，她丈夫总打她。春梅越发地疯癫，受不了丈夫的打，跑得无影无踪。她婆家觉得她疯了，没人找她。娘家又认为嫁出的姑娘泼出去的水，也没找到她。至于她现在过得怎么样，没人知道。听了春梅的遭遇后，我的心像被针扎一样疼：春梅啊春梅，你怎么落到如此的境地啊！

日子过得很慢，一天又一天，感觉很漫长。又仿佛过得很快，转眼就是几十年。但春梅我们一起玩耍的事情，却清晰如昨，至今无法忘记。

回去时，走到村口，看到几栋新房，拔地而起。在我的记忆里，这里曾是村子里的打麦场。那时候每个村子，都要留下一片空地，用石碌碾得平平整整，当作打麦场。收麦时节，在场里打麦，一家家的麦子平铺在场里，经过石碌碾轧，扬去麦糠，颗粒归仓。现在，随着科技的发展，人们收麦，用上了联合收割机，机器轰隆一响，麦子就变成了麦粒。

打麦场功能消失后，原来的打麦场，有的盖上了房子，有的经过深耕细犁，变回了耕地。社会在发展，随着历史的变迁，我们总会失去一些东西，那些久远的，埋藏在我们内心深处的记忆，将会随着时间的沉淀，变成一种情怀，越久越烈地留在心头。

家乡正在悄悄地改变，乡村的土路变成了村村通的水泥路。曾经的瓦房，变成一栋栋小楼，明净敞亮；曾经苍凉的乡村，如今被一片绿意围绕；曾经牵绊着我们的丝丝缕缕乡愁的炊烟，早已烟消云散，消失在无边的天际。乡村，已成为一个时代的缩影。乡村的物和事，正在逐步改变着。但是，不变的，是我们对那片土地的热爱。

汉冢，我魂牵梦绕的家乡

我总认为，家乡是最美的。这些年，我陆陆续续到过许多乡村。但让我魂牵梦萦的，还是生我养我的地方——汉冢。这里一望无际的原野，清澈的河流，林立的楼房，让我流连往返。这里蕴含的文化底蕴，这里淳朴的乡风，这里的风物人事，让我深深怀念。汉冢，不论时光如何变换，总有一些温暖和感动在怀；不论岁月有多少沧桑，那些相伴的风雨，从未走远；不论我是否始终陪伴，散落在时光深处的那缕芳香，依然缭绕于心。

尽管家乡是那么的贫困，但它曾经承载过我很多快乐的记忆。因此，对家乡的热爱，几十年来，依然如故。是的，家乡清澈见底的小河，留下过我的笑声；家乡的大片浓密的甘蔗林里，有我甜蜜的回忆；家乡铺满野花的山间小路，留下过我跋涉的足迹。家乡肥沃的黄土地，带给我的，总是美好的回忆。

踩着汉冢的土地，我一天天地长大。在我的印象中，家乡很少有人走出这片土地。人们日出而作，日落而息，面朝黄土背朝天，但依然填不饱肚子，过着食不果腹的日子。贫困，让乡亲失去了对未来的梦想和希望。

曾经，在我的家乡，几乎每家都养着一头牛。养牛是帮助人们干犁地、播种、驮运粮食等比较粗重的农活。牛，是乡村人的命根子。我家也养过牛，父亲对牛，百般呵护，视若儿女。在父亲的眼中，牛就是家庭的一员。父亲常说，人吃饱了，牛更得吃饱，吃饱了才有劲干活。小时候经常看到父亲喂牛的时候，蹲在牛槽的旁边抽烟，牛反刍的咀嚼声，在父亲听来，一定是一曲动听的音乐。

我的父亲，一生与庄稼有着解不开的缘分。黄牛拉着耕犁，一遍遍把土地掘开耙碎。再拉上种麦的耧，把希望播在田地上。从播种、生长、灌溉、松土，父亲从没远离过土地庄稼。庄稼成熟季节，父亲就套上牛车，一车车拉回去。满满的牛车上，载着的是父亲母亲辛勤劳作的成果，载着的是一家人赖以生存的食粮。

我的母亲，她一生都在汉冢这个地方度过，甚至不知道这里以外的地方。她对这里的乡亲，充满感恩，对这里的大地、风物，充满敬畏。每年麦熟时节，她割的第一把麦子，会放在条几（农村供奉神仙的桌子）上敬神，祈祷来年五谷丰登。

后来，我离开了汉冢。可又从未远离过，常常于梦中，梦到那片绿色的麦田，母亲那停留在麦穗上的眼神。父亲对土地、庄稼、黄牛的热爱，父亲犁地、运肥、播种、收割的身影，都渐渐幻化成一幅画，烙在我的心中。父亲、母亲、黄牛和犁耙，是那个时代家乡的贫困生活缩影。都定格在汉冢的某一天，也定格在我的记忆中。

树叶青了又黄，黄了又青。岁月匆匆，恍然已是三十多年。现在的汉冢，非常漂亮，到处是一派新农村美丽的景象。乡间小道，绿树成荫，景色宜人。村庄，已不是原来的村庄，过去的草房、瓦房变成了现在的平房、楼房，全都焕然一新。我们的家，也经历了从草房到瓦房，从瓦房到楼房的变迁。周末，我都会驱车回到汉冢，走走家乡的柏油路，喝喝家乡的甘甜水，看看连片青青的麦苗，感受一下家乡的神奇变化。

纵横交织的乡间公路，像一条条镶嵌在乡村大地上的玉带，把村庄一个个连接起来，轿车、摩托车、电车、自行车在水泥路上行驶，绝尘飞奔。昔日的黄土路，晴天一身灰，雨天一身泥，已成为历史。乡村公路，一头连着乡亲们淳朴的感情，一头连着在外游子们的心。

村子里，道路两旁都装上了新能源路灯，到了晚上，照得村子里亮堂堂的。村子的文化广场里，跳广场舞的、扭秧歌的、下棋的、打牌的，好不热闹。我常在想，爷爷奶奶辈年轻的时候，适逢战乱，吃不饱穿不暖，一年吃不上几顿肉。父亲母亲这一代，虽然解决了温饱，也能吃上肉，但日子过得紧巴巴的。而现在的农村，不仅物质生活丰富，精神生活也大幅度提高。从贫穷到温饱，从温饱到小康，这就是社会的进步，农耕文明的进步。

曾经，父老乡亲们都希望走出乡村，有一份安逸的工作，端着铁饭碗，过上城里人的生活。而如今，许许多多走出村庄的年轻人，像当初带着梦想走进城市时一样，又带着梦想回归乡村，把理想与希望寄托在乡村。村里王家小娃大学毕业后，放弃城市里待遇优厚的工作，回到村里创业。他承包了村里的百余亩土地，搞有机林果种植。优良的品种，丰硕的果实，吸引着城里人纷至沓来，让他的水果供不应求。王小娃他爹坐在果园子门口守园子，看着来来往往的人群，刻满皱纹的脸，像朵舒展开的山菊花。

也许，在钢筋混凝土的世界里穿梭，在形形色色的人群中应酬，城市里的快节奏生活，让他们感到疲惫。于是他们思念乡村，想有一个清静的院落，过上一种房前栽瓜、房后种豆的简单生活。更多的年轻人，他们看到了乡村的未来，就把梦种在了乡村的黄土地上。

我常想，假如我是个诗人，我要写一首长诗，来描绘家乡的源远流长的文化底蕴，写家乡四十年来的惊人变化。假如我是个画家，我就要用各种彩色，渲染出新农村绚丽的风景。如果我是歌唱家，我会唱一曲《家乡美》。

我也常想，等我渐渐老去的时候，我要回到汉冢，这个令我魂牵梦萦的地方。房前屋后种上一垄一垄的蔬菜和连片的鲜花，养上一些鸡鸭。等到鲜花盛开的时节，我就坐在花丛中，看着满院乱跑的鸡鸭，给我的后人们，讲讲中国改革开放后家乡的故事。

月是故乡明

中秋渐近，我站在灯火通明的城市，仰望着灰蒙蒙的天空，突然就幻化成另一种风景，故乡明亮的月光流泻而来。

我在这样的月夜，心回到了故乡。仿佛看到母亲忙着在厨房制作月饼；看到父亲在柿子树下，喂养他心爱的耕牛；看到我童年的小伙伴们，在洒满月光的打麦场里游戏；看到奶奶坐在打麦场里，看我们玩耍的身影……

季羡林先生说：每个人都有个故乡，人人的故乡都有个月亮。人人都爱自己的故乡的月亮。这些年，我也陆陆续续到过一些地方，赏过一些地方的中秋月。既有江南水乡，也有北国风光。相比之下，我依然觉得，家乡的月亮最美最圆最亮。对于我，如果中秋不能回家赏月，那是一件多么遗憾的事情。

在中秋节的前一两天，母亲就把煮熟的绿豆和红豆，拌上白糖和红糖，做成豆沙馅儿。做好后，用塑料布包好，放在篮子里自然晾干备用。害怕猫儿狗儿偷吃，母亲把篮子用铁钩子挂在厨房的房梁上。悬在半空中的篮子，对我和弟弟，有着极强的诱惑力。那时候，基本没啥零食，平时只是吃饱罢了。豆沙馅儿的香味，是我们拒绝不了的。于是趁着母亲不在家，搬来高高的凳子，一个人扶着凳子，一个人上去抠豆沙。慌慌张张地抠一点下来，迫不及待地蹲在厨房里，享受着豆沙的美味。那个又香又甜的味道哟，终身难忘。

我们两个狼吞虎咽的模样，正好被外出回来的母亲逮个正着。母亲不仅没有生气，反而怜惜地摸着我们的头说：两个小馋猫儿！等会儿妈就给你们做月饼吃。然后她就变魔法似的，熬糖稀、拌油、拌面，再醒上两三小时。醒好面后，揪一面团，在小擀杖下来回滚动，一个个月饼皮儿就出来了。包好后，先在锅里炕至焦黄，然后上笼大火蒸。快熟的时候，香味飘满整个院子。出笼后，母亲总不让我们先吃，她装满一盘喷香的月饼，再配上苹果等一些贡品，放在条几上敬神。那时候爷爷已经过世，她让我和弟弟给奶奶端上一盘后，一家人终于坐在一起，吃月饼，看月亮。

那年月没有路灯，坐在院子里，总是不点灯的。亮堂堂的月光把院子照得如白昼一般。父亲总是坐在那棵柿子树下，看着那头棕黄色的耕牛反刍，眼神里闪烁着慈爱的目光，仿佛这头耕牛也是他的孩子。父亲的一生，与土地有着解不开的缘分。犁地、播种、除草、收割庄稼，一头牛，就是一家人温饱生活的保障。所以父亲在中秋节这天，给他的爱牛加了足足的精饲料，犒劳它辛勤的劳作。

记忆总是美好的。那时的中秋节，虽然清贫，买不起月饼，但母亲自制的月饼，格外香甜，有滋有味。现在的日子富足，有钱有车有房，商店里，制作精美的月饼，琳琅满目。中秋节，总会买来很多月饼，可再也吃不出当年的滋味。

记忆里，父亲总是满足的。日子过得那么清贫，可父亲说：现在的日子多好，能吃饱穿暖，过节还能吃上月饼，吃点肉。我们小时候，连

194

自制的月饼都吃不上。你们以后长大了，也要勤劳，有智吃智，无智吃力，把日子过好，年年过节都能吃上香甜的月饼。这就是贫困岁月，父亲对生活的向往。现在想想，总觉得有点好笑。不知父亲还记不记得他当年说的话，如果记得，父亲是不是也觉得好笑。

吃完月饼，我们趁着月光，一群小伙伴们，聚在一起嬉戏打闹。记得老家的打麦场的旁边，有个大水坑。坑里的水清澈明亮，几只大白鹅在水面上伸着头，骄傲地游来游去。奶奶就坐在大坑旁边，眯着眼睛看我们玩耍。大白鹅好像游累了，蜷缩在坑边一个角落里，不再游动，偶尔，嘎嘎地叫上两声。

水面上的月亮漂亮极了，又圆又大，还有位月奶奶，在里边讲着好听的故事。几个小伙伴们商量着捞月亮，从家里拿来网兜，绑在一根长竹竿上，一伙人蹑手蹑脚走到坑边，生怕惊动水里的月亮。用网兜去捞，谁知一捞，月亮碎了一坑。几只大白鹅也受了惊吓，嘎嘎嘎地叫了起来。奶奶终于忍不住哈哈大笑起来，一群小孩也笑得滚了一地。

我现在已经在城市安家，成了两个孩子的母亲。父母亲也离开了他们劳作一生的土地，安居城市。生活条件提高了，每逢中秋，家里的月饼盒子放了不少，母亲再也不用烦劳自制月饼了。一家人去饭店吃顿饭，算是中秋团聚。孩子们在屋里蹦来跳去，有的唱歌，有的跳舞，热热闹闹。但对我来说，总感觉缺了点什么。就像季先生所说：思乡之病，说不上是苦是乐，其中有追忆，有惆怅，有留恋，有惋惜。流光如逝，时不再来，在微苦中实有甜美在。

是的，思乡之病，不是美酒佳肴，不是高大上的酒店，而是在乡下的农家小院，一家人围坐在一起，赏月吃月饼，嘘寒问暖唠家常。但那些美好的场景，只能深深地烙在心中。因为我知道，我们再也回不到过去，是的，回不到曾经月光澄明的乡村小院。

月是故乡明，我只有在梦中，才能回到魂牵梦萦的故乡。

后记　珍惜眼前，就是幸福

你有没有这样一种感觉？美好的时光，总是稍纵即逝，美好的事物，也总是短暂而匆忙？

答案是肯定的。我们大多数人，总是怀念旧日的时光，总爱把往日的事物挂在心上，不忍心忘记；总有种淡淡的贪心，想把那种美好的感觉无限拉长。

作家史铁生曾经说过：生病也是生活体验之一种，甚或算得一项别开生面的游历。发烧了，才知道不发烧的日子多么清爽。咳嗽了，才体会不咳嗽的嗓子多么安祥。刚坐上轮椅时，我老想，不能直立行走岂非把人的特点搞丢了？便觉天昏地暗。等到又生出褥疮，一连数日只能歪七扭八地躺着，才看见端坐的日子其实多么晴朗。后来又患"尿毒症"，经常昏昏然不能思想，就更加怀恋起往日时光。终于醒悟：其实每时每刻我们都是幸运的，因为任何灾难的前面都可能再加一个"更"字。

是啊，我们需活在当下，珍惜眼前。生命的长度是有限的，但我们可以在有限的长度里，去增加生命的宽度。我们去进行一场说走就走的旅行，我们去吃一顿饭，去赏一朵花；我们在清晨的薄雾中开启一天的生活，我们在黄昏的晚霞里，思考着点滴的收获。我们只要珍惜眼前，就是幸福。

热爱生活，亦被生活所善待。我出生在农村，从小在农村长大。那一抹乡情和乡愁的情愫在我心中挥之不去。上学、工作、结婚、生子，我的生活按既定的轨道往前走着。从一个懵懂少女到烟火味十足的中年妇女；从各种的不服气到一步步向生活妥协；从农村走向城市安家，周而复始的柴米油盐，慢慢适应了城市的生活。

生活嘈杂，有时难免心中不安。我捧起了书，看书中人物的悲欢离合，感叹谁的人生都是一场修行。重拾学生时代的文学之梦，慢慢地写起了字，所见所闻、所思所想，付诸笔端。内心竟渐渐地安静下来了。从2016年至今，陆陆续续地写了41篇文字，近12万字。

写这些文字的时候，没有打算集结成集。零零碎碎的，写的有山水、花草、心情感悟和对乡村时光的怀念。所以后来就分了五辑。我想和读者朋友们分享，如若你正遭遇事业或者感情上的挫折，或者你的情绪低落或者意气难平的时候，不要闷在家里，走出去，接触更多的人，欣赏自然的风光。会让你的心胸变得开阔，消极的想法自然随风而逝。

我去云南旅游，也是堆积了一些生活情绪，不能发散。在雄伟宽阔的苍山洱海间，我寻找到了最真的自己。洱海上空的明月升起了，月光洒满海面，在月光下的洱海徜徉，终于找到了最真的自己。看着远去的波涛，那些曾经的美好，已随着岁月的流逝，渐行渐远。留下的，是月光、洱海、苍山及月光下的我，还有一段难以忘却的情。洱海不曾负我，我亦将洱海印在心中。

喜欢在南阳的白河边散步，或清晨或傍晚。她风景如画，灵动迷人。我爱着这里的一草一木，也感恩她带给我的惬意和很多难忘的时光。我曾无数次地对人说：我家乡的白河，不逊色于上海的外滩和杭州的西

197

湖！在我眼中，她温婉、浪漫、灵气逼人，永远是我心中那一汪生命的泉。

2020年春节，遭遇到了前所未有过的新冠疫情，所有人都被迫留在家中，不能出门。时光仿佛一下子慢了下来。漫漫冬日，无计可消愁，只能煮饭、吃茶和思考。坐在屋里的时候，想起我小时候的时光。也是这样的春节，在乡间的村庄里，有我的家。没有灯红酒绿，没有车水马龙，就像今天一样寂静。我们全家围坐在火炉旁，吃着母亲炒的花生，说着话，很开心。父母亲没有智能手机看，小孩子也没有多少欲望，一把花生，一些简单的自制的玩具，玩得开心快活。

这些年，日子越过越好，住着高楼大厦，吃着山珍海味，穿得花枝招展，但却少了些无忧无虑。山体滑坡、火车脱轨、森林火灾、地震、洪水等自然灾害时有发生，不停地揪着我们的心。而这个春节，突如其来的一场病毒，肆虐着明媚的大地。看到那些因病死去的人，看到白衣天使脸上疲惫的倦容，看到全国各地无私的援助，感动和伤感，让我一次次流下泪水。

工作、学习和生活之余，我用文字表达内心对生活和社会的认知，是一种习惯，也是一种态度。更缘于对生活的珍惜和对身边人和事的感恩。一个人永远无法预料未来，生命只在一瞬间。每个人的生命都有尽头，许多人经常在生命即将结束时，才发现自己还有很多事情没有做，有许多话来不及说。这实在是人生最大的遗憾。别让自己徒留为时已晚的余恨。逝者不可追，来者犹未卜。人活着，最珍贵的，最需要实时掌握的，就是当下。

最后感谢我的单位领导对我文学创作的支持！感谢祖克慰老师对我作品的指导和帮助！祝愿大家想做什么的时候，现在就行动起来，珍惜眼前的一切。唯有过好每一个当下，才能不辜负自己，拥有幸福。